T0349430

Los hechos
de Key Biscayne

Xita Rubert

Los hechos
de Key Biscayne

EDITORIAL ANAGRAMA
BARCELONA

Ilustración: © *Niña montada en un caimán,* California Alligator Farm, Los Ángeles.

Primera edición: noviembre 2024

Diseño de la colección: Julio Vivas y Estudio A

© Xita Rubert Castro, 2024
CASANOVAS & LYNCH AGENCIA LITERARIA, S. L.
info@casanovaslynch.com

© EDITORIAL ANAGRAMA, S. A. U., 2024
Pau Claris, 172
08037 Barcelona

ISBN: 978-84-339-2753-8
Depósito legal: B. 12571-2024

Printed in Spain

Romanyà Valls, S. A.
Verdaguer, 1, 08786 Capellades (Barcelona)

El día 4 de noviembre de 2024, el jurado compuesto por Aldo García Arias (de la librería Antonio Machado), Gonzalo Pontón Gijón, Marta Sanz, Juan Pablo Villalobos y la editora Silvia Sesé otorgó *ex aequo* el 42.º Premio Herralde de Novela a *Clara y confusa*, de Cynthia Rimsky, y *Los hechos de Key Biscayne*, de Xita Rubert.

When a place is too beautiful, there will be repercussions.

TESS GALLAGHER

PRÓLOGO

Cuando lo sacó, la visión me noqueó como si no llevara toda la mañana sabiendo que allí habría un pene y que el pene sería desenmascarado, entregado a mí en bandeja. Lo más previsible, de pronto, era lo más inesperado. Así sucede con los penes y con la muerte.

Lo observé como aprendí a mirar todo lo feo: con cariño. Lo que amaba me bastaba con oírlo, pero lo repulsivo tenía que mirarlo para suprimir el rechazo y convertirlo en afecto. Ante mí, un animal sin ojos, morado y hierático, respirando.

No se parecía al pene que yo esperaba porque tenía doce años y nunca había visto uno. Era oscuro, oscura su vida propia, sus movimientos espasmódicos y tanteantes, propios de quien es ciego, aunque tampoco había visto nunca a un ciego.

Se mantuvo así, de pie e hinchado, y me pareció ver que el animal sin ojos palpitaba. Recuerdo evocar, para bloquear la imagen presente, el pene pequeño de mi hermano. Claro que había visto uno: convivía con el suyo si nos bañábamos desnudos en la playa. El suyo era un pene tolerable. Recogido, apagado. Nada que ver con el animal sin ojos.

No sé exactamente, y más vale que lo diga, lo que sucedió durante aquellos meses. Al hombre que solía recordar conmigo lo asedia un olvido sin remedio, a menos que el remedio lo ponga yo. Y la mujer que podría ayudarme a recordar, con razón, prefiere no hacerlo. No sé qué sucedía en Key Biscayne, digo, pero no creo encontrar la respuesta si recupero lo real: si recobro hechos, fotografías, testimonios de familiares que nos visitaron en la isla. Porque miento cuando finjo *querer recobrar* lo que suce dió. Lo que quiero es cambiarlo.

Habrá quien diga, desde una inteligencia autosuficiente: «Recordar ya es cambiar, el recuerdo siempre tiene algo de invención». Pero no. Yo sé que la cosa va más allá. No se trata solo de que invente, sin darme cuenta, al recordar. Invento porque quiero, porque lo necesito. El deseo de relatar esconde en mí otro deseo: el de sustituir lo real por lo narrado, el de modificar y suplantar lo que sucedió. Se trata de narrar la realidad. Si se tratase de ficción, la ficción no haría falta.

Primera parte
La llegada

How happily situated is this retired spot of earth! What an elisium it is!

WILLIAM BARTRAM,
Travels Through North & South Carolina,
Georgia, East & West Florida (1791)

I

La primera imagen no son las palmeras de Key Biscayne, ni la arena blanca ni las papayas, sino el trayecto tortuoso hacia la isla: nuestras bolsas abarrotadas de libros y zapatos. A la mujer tras el mostrador, en el aeropuerto de Boston, no le cabía en la cabeza:

—Esto no es equipaje. Esto son bolsas, señor. Bolsas de basura.

—Es usted una magnífica observadora, *señorita*, pero déjeme que le explique: olvidamos nuestras maletas y tuvimos que meter en bolsas de basura todas las cosas. Hubo que improvisar. ¿No está mal el apaño, eh?

En la cara de la mujer se trazaba una pregunta: ¿cómo se olvidan las maletas mientras uno *hace* las maletas? Una paradoja filosófica, sin duda, digna de las clases que mi padre impartió durante aquel primer trimestre: Philosophical Paradoxes II. La mujer tras el mostrador no sabía —no tenía por qué saberlo— que, más allá de sus clases, esas paradojas también poblaban la vida de mi padre y, por supuesto, las nuestras, mientras estas estuvieran ligadas a la suya.

La mujer apretó un ojo, solo uno, respondiendo a alguna conexión neuronal: aunque aquel hombre le resultase incomprensible, entendió, de pronto, que unos hijos tan jóvenes no iban a cuestionar lo cuestionable. Que nosotros, fieles al hombre paradójico, éramos tres contra una y teníamos la firme intención de embarcar. Quedó muda, incapaz de reacción, y mi padre aprovechó su silencio para llenar el tiempo –para ganar tiempo– con palabras:

–Por eso lo metimos todo en estas bolsas... –repitió sonriente, apenas mirándola.

Con él siempre vivimos así: con su objetivo en mente, absurdo o no, loable o no, sin consideración por las reglas que el resto de los mortales debía interiorizar. ¿Viajar con maletas normales: por qué? Nosotros podíamos ser vagabundos si a él le apetecía, príncipes al día siguiente, nómadas otra vez, condes al despertar.

–Ah, aquí está, mire. Mi carnet de conducir.

–Es un carnet de motocicleta emitido en España, ¿usted cree que...

La mujer, cuyo ojo seguía parpadeando de incredulidad, tomó la tarjeta putrefacta. Luego nos miró a nosotros, a mi hermano y a mí, con el rostro todavía más retorcido. Pero contempló a mi padre, suprimió las preguntas y buscó la serenidad:

–Este carnet está caducado. Y además está en español.

Tras intentarlo con su antiguo carnet de conducir –por los siglos de los siglos obsoleto–, mi padre trató de franquear el acceso a Embarques con su único carnet vigente, el de profesor visitante en Boston. Había dado su última clase en el campus el día anterior.

–Profesor, se lo repito. Lo único que necesito son sus pasaportes y sus visados. Ni me sirve ni me interesa nada más. Puede guardar sus afiliaciones institucionales. Quizás esto le funcione en Europa, pero está usted en los Estados Unidos de América.

Durante meses mi padre recordó a aquella mujer, la bautizó como «la mujer del mostrador», pero hubo infinitas mujeres tras mostradores en nuestra vida; quizás, aparte de nuestra madre, no hubo ninguna mujer que no estuviera tras un mostrador. En todo caso, se estableció entre nosotros tres el pacto, o el entendimiento, de que aquella mujer «no era razonable», que era «la personificación del nuevo burócrata americano», aunque mi hermano y yo no comprendíamos esas palabras y solo las repetíamos y nos reíamos con él porque su risa era dulce y autosuficiente. No sé cómo nos dejaron embarcar. Sé que hubo llamadas a España y al consulado español en Boston, desde donde llegó un salvoconducto por fax. Mientras esto sucedía, y los funcionarios del mundo danzaban a su alrededor, mi padre nos compró galletas en la terminal. Las deglutimos como buenos hijos del hombre paradójico.

–Papá –dijo mi hermano–, cuando lleguemos a Miami tenemos que buscar bien los visados. Es imposible que los hayamos perdido. Y tenemos que ir a España por Pascua.

Nuestro padre asintió y le acarició la cabeza a Nico. Era diciembre, y quién sabe dónde estaban nuestros visados y nuestras maletas, quién sabe exactamente por qué se le ocurrió a nuestro padre que nos mudáramos de Boston a Miami a medio curso escolar, y digo yo que la única explicación de que funcionasen las triquiñuelas diplomáticas, aquel día, era que se acercaba 2010 y había empezado la era Obama, en principio menos hostil con los extranjeros, menos vigilados los desplazamientos nacionales. Aquel curso, él había conseguido por primera vez nuestra custodia: nosotros aprenderíamos inglés mientras él daba clases en la universidad. Pero de pronto, cuando empezó a nevar y se acercaba diciembre, decidió que nos marchábamos de Boston después de tres meses allí, que «en Miami no haría tanto frío y lo pasaríamos mejor».

Hoy, tras un largo camino para reconstruir todos los desvíos y derrapes del hombre paradójico, me río al imaginar sus artimañas, abrazo su cuerpo mudo y no utilizo las palabras que todo lo trocean. Todo lo manchan. Le dibujo nuestra vida, nuestro crimen. Le recuerdo que, en Boston, sus juegos no jugaron con él de milagro; que en Miami, sus trucos no nos mataron por un pelo; que, de vuelta en España, sus mentiras sí nos mintieron, y que ahora empezamos a emerger de la mentira.

Hubo un aplauso generalizado cuando entramos al avión rumbo a Florida; habíamos retrasado considerablemente el despegue. ¿Miré por la ventanilla durante el vuelo? Lo dudo. Por la ventanilla miro ahora, al mundo lo miro ahora. Si cierro los ojos y una voz me pide nombrar, con palabras que troceen y manchen, qué llenaba mis días entonces, yo responderé: mi fe. Mi fe en que la imagen del mundo que mi padre describía era equivalente al mundo; que la imagen que él tenía de sí era equivalente a sí.

No miré por la ventanilla, no, me dormí en su regazo. Me apoyé en sus pantalones llenos de escamas transparentes, piel seca que se desprendía de su frente, piel de reptil. Segura y feliz, yo, envuelta en mi reptil antiguo. Mi autosuficiencia provenía de la suya. Me dormí en aquella ilusión, engullí aquella ilusión, y de algún modo, si rememoro Key Biscayne, es porque una parte de mí añora la mentira. La fe. Lo que creemos nos protege. Lo que sabemos nos deja a la deriva.

II

Nuestros problemas comenzaron nada más aterrizar en Miami. Los pitidos de emergencia se activaron en el control de metales, y por mucho que los tres asegurásemos que sí, que nuestro padre tenía el fémur de hierro, a los guardias les parecía una invención demasiado burda.

–No, es verdad. Se lo reconstruyeron tras un accidente de moto en Barcelona –explicaba Nico al personal–. Es la pata de hierro. No lleva reloj, ni cinturón ni monedas.

Nuestro padre entraba y salía del detector, sonriente, amigable, con los bolsillos del revés, pitando cada vez, a punto de hacer una reverencia ante la estupefacción del personal de seguridad, de rostros pétreos. Parecía un truco de magia.

–Busquen, busquen bajo la ropa, pero ¡sin toqueteos, eh! No llevo nada, de veras, es la pata, ¡pero arréstenme por pirata! ¡Tatatachán!

Y el detector volvía a pitar. La cara de los guardias en Miami era parecida a la de la mujer del mostrador en Boston: perplejidad que no se burla de lo ridículo —el príncipe vagabundo, el profesor pirata—, sino que, al contrario, rumia para encontrar una solución en tiempo récord. Mi hermano hablaba civilizadamente con ellos, mientras mi padre seguía con el número circense y yo me comportaba como su principal espectadora.

—¿Cómo así que una «pata de hierro»?

Los guardias llamaron a un policía. Aquel hombre hablaba una particular variante de spanglish; Nico dijo que era cubano. Mi hermano sabía cosas: tenía curiosidad y, por tanto, información sobre el mundo, los países, las lenguas. Mi padre y yo estábamos demasiado absortos en nuestras propias invenciones, en nuestras piruetas, como para tener al mundo en alguna consideración.

—Eso es imposible, *buddy*. Si tuviese el fémur de hierro no podría caminar o flexionar —replicó el policía, que más bien parecía un modelo. Tenía una mano apoyada en el arma.

—No es de hierro, eso es un decir. Es de aluminio. Y por eso pita —dijo Nico.

—No se detecta el aluminio. Se detectan los metales, *buddy*.

—¡Pues es de metal!

—En los rayos X no se ve ningún tipo de *metal*.

Según lo que yo recuerdo, estaban malentendiéndose por la diferencia entre las palabras *metal*, *steel* y *aluminium*. La conversación no avanzaba. La cola tras nosotros crecía.

—En Boston no ha pitado —dijo mi padre—. Mire, hay un conductor esperándonos ahí fuera, no podemos retrasarnos. Muy amables: esto les pertenece.

De pronto, hizo aparecer unos billetes en la palma de su mano. La cantidad era obscena, una cifra inverosímil, pero con mi padre me pasa siempre lo mismo: cuando quiero narrar la realidad que viví con él, las reglas de la ficción hacen el pino, y no colocarle esos billetes en la mano sería mentir, ocultar lo que de veras sucedió, aunque parezca increíble. Así fue: hundió un billete en la mano del policía, un gesto elegante. ¿De dónde salía semejante fajo? ¿Era posible que lo llevase en el bolsillo, sin más, o preparado en la manga, como un as, todos los días, listo el mago para el soborno?

En lugar de guardar el dinero y dejarnos ir —tal como los tres pensamos que sucedería—, el policía se mantuvo inerte. Agarró la mano obscena de mi padre. La retorció sin apenas esfuerzo, inmovilizándolo. Le pidió que estuviese quieto si no quería hacerse daño «usted solito». Dos policías más llegaron a paso rápido.

—Le voy a pedir al papá de ustedes —dijo uno de ellos— que nos acompañe. Seguro no tardamos. Quédense ahí con su mamá.

Señaló a una mujer blanca, rubia como nosotros, con aspecto de madre. Ella percibió que estábamos solos y entró, supongo, en aquel rol. Al recordar este episodio, mi hermano dice que él me vio «llorar hacia dentro». Fue el primero de varios llantos interiores que ahora, en retrospectiva, considero bajo un mismo

24

tipo: solo los adultos lloran cuando saben, los niños lloran por no saber. Por eso digo que no sé exactamente qué sucedió durante aquellos meses, aunque la pregunta sigue siendo otra: por qué importaría más mi conocimiento presente que mi ignorancia pasada. El policía cumplió su promesa y nos devolvió a nuestro padre a los pocos minutos. Mientras se acercaban, él ya esgrimía su mueca de falso criminal. Nos escoltaron al exterior de la terminal.

—*So, where is he?* ¿dónde está el conductor?

Que nos esperaba un conductor era otra invención suya. Durante el curso que pasamos con él en Estados Unidos —primero en el norte, y de pronto, ahora, en el sur— no hubo infraestructura que le ordenase la vida: rara vez conseguía conductores o empleadas del hogar, él que no estaba acostumbrado a conducir o a cocinar en España. Me gustaría decir: no sé cómo sobrevivimos. Pero sé exactamente cómo.

—Sí, ahora mismo llega. Puede dejarnos solos.

El policía no nos dejó solos.

—Menudo retraso —intervine, acostumbrada a salvarlo de las invenciones que no salían como él esperaba—. ¿Y si llamamos a un taxi?

—Buena idea, *my darling*. Hagamos eso.

Los tres sonreímos como en un anuncio, fingiendo complicidad familiar. Él nunca me llamaba así, *my darling*, pero le respondí con sonrisa de *darling* porque solía convertirme en lo que él hacía de mí. En vez de adaptarse al mundo, nuestro padre adaptaba el mundo a sí mismo, y lo propio hacía con las personas que tenía a mano. En lugar de encajarse, desencajaba a su entorno para que todos nos adecuásemos a su idea, por inusitada que fuese; y no aceptaba, en el fondo, nada que él no hubiese diseñado. Tenía el temperamento de un artista, y en poco se diferencia el artista del emperador: cómo va a creer que la lógica del mundo real impera cuando suele imperar su voluntad, cuando su mundo *es* su voluntad, cuando, durante decenios, ha prevalecido su deseo, su diseño, hasta que su maqueta se ha impuesto a la geografía natural, hasta que su pintura ha sustituido al paisaje.

En Florida se tambaleó por primera vez su realidad convertida en maqueta, junto con nosotros, sus hijos convertidos en personajes. De camino a la ciudad, nada podría habernos prevenido; nada en la naturaleza ni en el clima. La tierra siempre avisa antes del terremoto, de la erupción, pero su modo de avisar es la ironía.

III

Lo siguiente que recuerdo es una caseta desvencijada. El letrero decía CAR RENTAL. Mi hermano dormía a mi lado, en el taxi, y la música que salía de la radio comulgaba con la barbilla del taxista, que seguía el ritmo como si emergiese de sus propios huesos. Sofocados, los tres esperábamos a que mi padre volviese de la caseta. Cuando por fin lo hizo, se colocó una sonrisa. Puedo ver su paseo hacia mí, ahora. Saca su cámara y me toma una foto. Flash. Guarda la cámara y se pone ambas manos detrás de la espalda, como si ocultara un regalo, una sorpresa, y por la ventana abierta me entrega unas llaves de coche.

—¡Tatatachán!

«Tatatachán», dijo el supermán enclenque, un brazo al frente, poseedor por fin del coche alquilado que sería testigo de nuestros primeros meses en la isla.

Al fin, Rocinante surcó el paraíso. Rocinante: el nombre que, más adelante, nuestro padre le dio al coche. El paraíso: promesa de felicidad infinita, de belleza atemporal y excesiva. Yo la había experimentado, con extrañeza, nada más alejarnos del aeropuerto, pero vi que nuestro padre solo se entregaba a ella ahora que ningún policía nos seguía con la mirada.

El shock caliente nos engulló a los tres. La ola acuática que envolvía y elevaba a la ciudad: el sol, como la humedad, no se veían en ningún punto del cielo porque todo era sol, todo era húmedo. En Miami, nada parecía sostenerse a nivel terrestre, pero tampoco a nivel submarino. Los cuerpos humanos y animales flotaban en una esfera intermedia, siempre tibia hasta que ya no.

—¿Nadie se sienta delante conmigo? ¡Hijos traidores!

Arrancamos y pusimos rumbo a la isla donde, según nos había dicho él, viviríamos. Nico se despertó cuando aceleramos. Me agarró la mano. Ambos, casi mellizos, miramos por la ventana como si no viéramos una ciudad sino una película: nunca habíamos estado en un lugar así, purpurante y decadente a la vez. Atravesamos Little Havana, nos desviamos hacia Coral Gables y cruzamos Coconut Grove, cada vez más cerca del puente que unía la ciudad con la isla de Key Biscayne. Aquellos barrios conformaban el centro urbano, cuya expresión extrema estaba en Calle Ocho: incongruente, americana, cubana y ficcional. Lo supimos instintivamente: aquel sitio parecía más un escenario que un lugar. No es que tuviese una apariencia «falsa», sino que lo aparente tenía el mismo tono que lo real.

El coche, pegajoso, parecía sudar. Descubrí que de un compartimento rebosaban CD. Coloqué el primero y entonces la excitación me sumió en su vorágine. Una guitarra eléctrica. Una voz eléctrica también, femenina:

> *I'm a bitch, I'm a lover,*
> *I'm a child, I'm a mother,*
> *I'm a sinner, I'm a saint,*
> *I do not feel ashamed.*
> *I'm your hell, I'm your dream,*
> *I'm nothing in between...*

—Quita eso, haz el favor. ¿No hay música clásica?

—Esta me la enseñó una de tus novias.

—Pero ¿qué novias? —dijo nuestro padre, buscándome en el retrovisor—. Ya no tengo edad. ¿Y creéis que tengo tiempo? Si me paso el día con vosotros, ¡vosotros sois mis novias!

En Boston sabíamos que algunas noches nuestro padre se veía con una mujer, pero no estábamos seguros de cuál: si la casera, en cuyo chalet familiar habíamos pasado Thanksgiving, o una de sus alumnas, una alta y pelirroja. Yo optaba por la alumna, pero la teoría de mi hermano era que a Miami nos fuimos para estar lo más lejos posible de la casera, que se había obsesionado con nuestro padre y quería convertirse en madre de nuestra familia de apariencia monoparental.

—Además, creedme, nada de novias. Un hombre como yo solo puede tener *amigas*.

Nico puso los ojos en blanco y continuó pegado a la ventana. Yo estaba estirada como una jirafa, rodillas detrás y tronco hacia delante, graduando el volumen de la música. Nadie llevaba cinturón.

—¡Quietos!

Cuando nuestro padre alzaba la voz, y en su timbre no había resquicio de burla o humor, significaba que había peligro.

—Os voy a pedir que os agarréis.

Yo, jirafa, en un flash imaginé lo peor, visualicé mi cuerpo machacado, el cuerpo de Nico convertido en bicho bola, la jirafa y el bicho bola muertos, el padre doblado por las cuatro extremidades, todo lo vi y nada pasó.

—Está *hablando* —dijo.

—¿Quién está hablando?

—El coche.

—¿Qué?

—¡Silencio! Por favor. El coche está hablando. ¿Qué es *eso*?

Frenó en seco.

—Es el GPS —dijo Nico—. Lo puse antes de arrancar con la dirección exacta. Nos está llevando a la isla.

Habíamos parado en una cuneta del puente, una extraña carretera sobre el mar que conectaba Miami con dos de las islas: Key Virginia y Key Biscayne. Atravesábamos el mar a una altura de vértigo, la bahía Vizcaína a lado y lado. Tras nosotros quedaba la península y, en la costa, rascacielos derruidos o novísimos. Ahora, al acercarnos a las islas, solo se veían mansiones a pie de playa.

—A ver —dijo Nico—. Esto de aquí se llama GPS. Básicamente nos indica cómo llegar al destino que escribamos *aquí*. —Puso un dedo en la pantalla táctil y mi padre abrió los ojos como si viera a la Virgen—.

¿Ves? He escrito «8 Ocean Lane Drive, Condominium 4, Key Biscayne, Miami, FL». Y cuando le das a aceptar, *aquí*, te dice en alto las direcciones.

Mi padre se lo quedó mirando. Aquello no era un aparato, decían sus ojos, era una aparición.

—¿Y cómo detecta por dónde nos movemos?

—Funciona por satélite. Igual que las líneas de teléfono.

—¿Y por qué tiene voz de mujer?

—Porque suena más fiable que la de hombre, supongo.

Mi padre se contorsionó. Al reírse se doblaba por la mitad como un folio.

—¿Cómo pretendías moverte por Miami?

—Con los mapas.

—¡El mapa! Gran invento de la época mesopotámica —dijo Nico—. En el siglo veintiuno, este aparato te lleva a los sitios. ¿Has entendido cómo funciona?

Nico y yo nos miramos, conscientes de nuestra posición precaria en la cuneta del puente, a nuestro alrededor coches atravesándolo a toda velocidad. Algo más nos dijimos y reanudamos la ruta. Pero era cierto, y tal vez fue entonces cuando me di cuenta por primera vez: nos separaban de nuestro padre varias generaciones, aunque nunca reparásemos en ello; habíamos nacido casi a sus sesenta, y ahora, a sus setenta y pico, se aferraba a nosotros como quien succiona todo el jugo de una papaya antes de terminarse el festín.

A él lo invadió la emoción —lo sé, lo vi— en aquel momento, justo cuando volvimos a arrancar. Todos

31

la experimentamos durante aquellos meses, pero nos llegó a ritmos y por motivos distintos. Compartimos el año en Key Biscayne, pero no vivimos exactamente lo mismo; cada uno recuerda a su manera los hechos, y no es la manera en que quiere, sino en que puede.

El móvil de nuestro padre empezó a sonar. Miró quién llamaba y colgó. Se concentró en retomar nuestra travesía. Él llevaba días rechazando las llamadas de nuestra madre y nosotros llevábamos días fingiendo no darnos cuenta. Quizás la pregunta no es si los hijos llegan a conocer, algún día, a sus padres, sino si los padres llegan, algún día, a imaginarse lo que perciben y guardan para siempre sus hijos.

IV

A menudo pienso que nuestros meses en Key Biscayne corresponden más a una teleserie que a un relato. Lo esencial de aquella experiencia se concentra en algunas sensaciones difusas, no en las palabras: en los ruidos, la temperatura, la luz. Incluso los personajes que conocí –cuando vuelven a mí, corpóreos y remotos a la vez– se caracterizan por los gestos velados, por los silencios, por sus pasos elusivos. Es una tarea discutible –hasta cierto punto inútil– describir peripecias que van más allá del lenguaje y que parecen imposibles, sobre todo cuando los actores de esas peripecias se ocupan de mantenerlas en la esfera de lo incierto. Hay cosas que solo deberían fotografiarse. Describirlas es caer en su trampa.

Además, nadie vive en una isla como Key Biscayne a menos que tenga algo que ocultar, y es posible que nosotros, aunque no pintásemos nada allí, no fuésemos la excepción. Pero tomemos la primera hipótesis, la más inocente: no pintábamos nada allí. El primer contraste era entre el interior del coche y todo lo que quedaba fuera: nuestra música clásica –mi padre había impuesto su CD– y el reguetón que emergía del resto de los vehículos; nuestras botas de invierno bostoniano y los implantes, el plástico, la purpurina que recubría a los demás cuerpos; los libros amarillentos que arrastrábamos nosotros y los bikinis, los flotadores atados a los demás coches que aceleraban hacia la isla.

Pero también era extraño el contraste entre nuestro padre y nosotros dos, que habíamos crecido con nuestra madre, y empezábamos ahora a conocerlo más allá de los períodos vacacionales. Aunque todo indicaba, a aquella hora y sobre aquel puente, que nuestra rutina sería una prolongada vacación.

Cuando volvimos a arrancar saqué la cabeza por la ventana. No me cuesta evocar nuestro tiempo en la isla porque se concentra sobre todo en el aire, vuelve a mí cada vez que la misma brisa se presenta en forma de ráfaga, hoy, en cualquier ciudad del mundo. El golpe de viento limpio, cargado de calor, me transporta de vuelta a Key Biscayne. Con el paso de los días entendimos que la ciudad era más frenética y ruidosa, llena de voces, gestos, tráfico. La isla era amarilla y aséptica, menos poblada, y cívica al menos en apariencia. Nuestro padre algo sí había previsto en aquel traslado abrupto: se había encargado de que viviésemos en un lugar tranquilo y seguro, con calles de fachadas homogéneas, donde los coches frenan si ven a niños jugando. Ninguno de los tres sabíamos que, allí, ni los niños jugaban ni los coches paraban; ni las casas eran parecidas ni las costumbres convencionales. Pero comprendo por qué a mi padre –o a cualquiera que desconociese los ritos de aquel submundo insular– podía darle esa impresión apacible, civilizada.

¿Qué es la civilización? ¿Quién escogió a qué huele, cómo suena, de qué color es esa palabra? Lo notamos los tres, estoy segura, al acercarnos progresivamente desde el puente: al principio los coches eran furgonetas, en su interior mujeres apretadas, jóvenes tatuados modulando la música, el volumen solo superado por los derrapes de embarcaciones a derecha e izquierda. Pero cuando dejamos atrás las bandadas de seres trasnochados –de una piel roja que no he vuelto a ver en ningún otro mamífero, el rojo de la piel en Florida–, advertí que circulaban menos coches entre los árboles perfectamente podados y más bicicletas; si se veían vehículos, eran alargados y tenían las ventanas tintadas. A partir de un momento, solo circulaban carritos de golf. En su interior, mujeres sílfide. Al volante, hombres con uniformes blancos, impolutos.

Nos detuvimos en el peaje de entrada a la isla, donde decía RESIDENTS. Nuestro padre –sorpresa– llevaba consigo la acreditación necesaria. Franqueamos tres pasos de seguridad consecutivos, blindados. ¿Adónde entrábamos? De donde cuesta entrar tampoco es fácil salir, pero esto es algo que no se intuye durante la llegada.

–*Ocean Lane Drive? Right ahead, sir.*

V

Cuando hoy repito aquella dirección –8 Ocean Lane Drive–, la primera que aparece en mi mente es la isla imaginada, no la isla real. La isla real, tal como la vivimos, los meses reales, tales como fueron, me cuesta más recuperarlos. Estoy haciendo el esfuerzo porque una parte de mí se agarra más a la imagen que a la experiencia. A la mentira, quiero decir, más que a la verdad.

No sé cuántos días pasamos en aquella posada. El Palmer Inn era una especie de motel alargado, el hogar provisional donde esperaríamos hasta la siguiente semana, cuando nos mudaríamos al apartamento de Ocean Lane Drive. En el motel, nuestra cabaña era la última, y solo hacía falta salir al patio interior para llegar a la arena. Había una piscina vacía. Parecía el escenario de un crimen congelado en el tiempo.

Aparcamos el coche no sé dónde, deshicimos las maletas no sé cuándo, nos instalamos no sé cómo, pero cuando atravesamos el patio y la piscina y llegamos al mar, los tres tomamos aire. Seguramente por razones distintas, sí, pero nos unía la sensación de estar en tierra firme, aunque fuese tierra desconocida. La playa de Key Biscayne, toda la isla a lo largo y ancho, era inverosímil como lugar donde vivir; insistiré en esto de vez en cuando porque fue una percepción constante: todo cambió durante aquellos meses, todo se reveló como su contrario, excepto la sensación de irrealidad. Miré a mi padre, esperando que acabase con aquella broma y nos llevase de vuelta a Boston, a la ciudad fría y disciplinada, al barrio habitado por profesores universitarios y sus familias, donde las personas trabajaban, dormían, se levantaban a una hora. En esta isla, la arena y la flora remitían al edén, quiero decir, a la imagen del edén. Pero las imágenes no deben aceptarse, a las imágenes hay que preguntarles: ¿cuándo empezaste a engañar? Y, si queda tiempo: ¿quién te enseñó?

—¿Es él?

En la playa decidimos acercarnos a un cocotero. Mi padre retó a mi hermano: a ver quién trepaba el árbol más rápido.

—Beth, es él.

Una pareja, ambos de una estatura amenazante para mí, se detuvo a unos metros. Se referían a mi padre, estaban pasmados viendo cómo se agarraba con brazos y piernas al cocotero, aturdidos, como yo, ante la destreza de aquel gimnasta de la tercera edad.

—Beth, esto parece un espejismo, sí que es él. Tengo que llamar al cónsul para...

—¡Hola-hola! —saltó mi padre de las alturas—. Trataba de esconderme en la copa para que no me vierais.

La risa de mi padre. La risa abrupta, risa anciana e infantil, risa viril y escuálida, risa que desestima todo el dolor, el propio y el ajeno. Ante esa risa, estalló la risa del otro hombre, risa estúpida y gorda, risa como cientos de risas estúpidas y gordas.

—¡Tengo que llamar al cónsul! No lo creí cuando me dijo que usted venía a vivir aquí. Lo acusé de estar inventándoselo. Díselo, Beth, ¿a que no lo creí? —Risa atragantada—. Pero le juré que si lo veía, o tenía noticia de usted en la isla, organizaría una fiesta de bienvenida.

—Fue muy avispado, sí —intervino la mujer con voz delgada, refiriéndose a su esposo—. Dijo que nosotros organizábamos la fiesta pero que el cónsul ponía la casa. Él no vive en la isla, por supuesto. Dañaría demasiado su reputación.

—Beth, otra fiesta en nuestra casa y nos van a confundir con Shakira. ¿Sabía que Shakira vive en nuestra calle, aquí mismo? Salen y entran de allí unas mujeres de otra galaxia. Pero *esto* sí que es increíble: un profesor de filosofía en Miami. ¿Podemos tomarnos una foto con usted? Beth, hazme una foto con el catedrático.

Desde la arena, alcancé a ver la cara de disimulo que mi padre había puesto durante aquel speech; no conocía a Shakira ni a ningún otro personaje de la cultura popular. Sus referencias, y en parte las nuestras, eran estrictamente librescas, pero aquel año a nosotros empezaron a calarnos las imágenes de estrellas, de actores, mientras su mundo interior seguía poblado por la historia y las referencias decimonónicas. Tal vez por eso observaba su entorno con el interés y la curiosidad de un extraterrestre.

—La isla está plagada de artistas latinos —dijo la mujer—. ¿Por qué cree que los «expatriados» españoles también viven aquí? Por lo mismo: las ventajas fiscales y la relativa privacidad. Luego hay otras pequeñas colonias de europeos, pero la razón, créame, es siempre la misma. Son grupos que fingen no tener nada en común pero, en el fondo, todos se benefician de los impuestos casi inexistentes. A nosotros nos costó un poco adaptarnos, pero después hicimos amigos españoles e italianos. ¡Y ahora usted! ¿Qué hace aquí exactamente? Parecía don Quijote luchando contra esa palmera, en vez de contra un molino.

—Sí, querida, y este de aquí es mi obediente Sancho. Esa es nuestra Dulcinea. Rocinante está aparcado.

Era obvio: a mi padre le gustaba la mujer y con aquella referencia, la más simple de todas, ella había empezado a seducir su corazón, que, por otro lado, era fácilmente hechizable.

—De veras —ella achicó los ojos, protegiéndose del sol—, ¿cómo ha llegado hasta aquí?

—Pues no ha sido fácil. Hasta la semana antes de viajar no sabía si tenía el trabajo o si teníamos la casa.

Nico y yo nos miramos. A veces nuestro padre hablaba como si no perteneciese a la clase de hombres intocables con los que, por lo general y por desgracia, acababa relacionándose.

—Entonces, ¿ha aceptado el puesto del que me hablaba el cónsul? Algo en la Universidad de Miami.

—Sí, no es nada muy interesante, pero me permite estar aquí con los niños durante...

—Beth, ¡a esto me refería! —interrumpió el gordo a mi padre—. Digo que es increíble porque un hombre como usted, en una universidad como la de aquí... No comprendo cómo abandona Boston para aceptar un contrato de profesor en Miami, que, lejos de ser la cuna de la civilización, es más bien su tumba. Dígame por qué, se lo ruego.

—*Entre nous*, el puesto aquí lo conseguí porque llamé al cónsul, que es tan cariñoso, y le pedí si me podía echar un cable. Venirme a Florida, como usted dice, sentido académico no tiene. Pero sentido *vital*, sí. Tengo setenta y un años, y... en fin, en Harvard dije que no podía rechazar la oferta de la Universidad de Miami, porque el puesto aquí significaba «la otra cara de la moneda»: como estaría vinculado al consulado, tendría en mis clases a futuros diplomáticos, a soldados veteranos, etcétera. Lo hice sonar muy solemne, muy «yo ya me entiendo, y si no lo entendéis es porque os falta un hervor académico», y no tuvieron más remedio que fingir estar de acuerdo. Todos los americanos tienen complejo de ignorantes ante un europeo. Pero, *entre nous*, sé que les hice una putadita económica, porque mi contrato allí duraba todo el año, y cuando...

Volvió a interrumpirlo la risa obesa, a reventar de intriga:

—Espere, ¿y cuál es ese sentido *vital*, el motivo real de la mudanza? Dice que tiene setenta y tantos años y...

—Pues que por fin me han dado la custodia de estos niños durante un curso, y no me lo voy a pasar trabajando. Decidí venir a Estados Unidos para que aprendieran bien inglés, y también, *entre nous*, para no tener tan cerca a su madre. Total, que tras los primeros meses en Nueva Inglaterra, empezaron unas heladas de mil demonios y decidimos emigrar al sur, ¡como los pájaros!

Mi padre agitó sus alas, y las facciones del hombre se hundieron bajo una risotada. La mujer esgrimió una sonrisa que parecía lo contrario de una sonrisa.

—Como los pájaros y como los jubilados del norte —dijo ella—. Y también los republicanos. Además de todas esas colonias extranjeras con algún interés financiero. Es un lugar raro, profesor, por eso nos resulta curioso verlo a usted aquí.

—Yo soy tremendamente raro, querida.

A mi padre le gustaba hablar con la mujer, era evidente. La encaraba como a un interlocutor, aunque fuese femenino. Ella no dijo nada más.

—Pero, Beth, ¡qué cosas tienes! ¿Estás llamando anciano al profesor? ¿Tú has visto cómo ha trepado por la palmera? Este hombre tiene mejor forma física y mental que tú y yo, ¡y te dije que no era un esnob, que es un tipo estupendo! Catedrático, ¿puedo hacerle una pregunta? El otro día, justo después de cenar en casa del cónsul, quien por cierto le tiene un afecto inmenso, Beth nos enseñó una entrevista suya. Y en ella, usted decía algo *en contra* de los libros. Decía que no le gustan los libros, algo así. Nos hizo tremenda gracia, ¿sabe?, que un intelectual diga esas cosas.

41

–¿Dije eso? Qué tontería. Seguramente me refería a que no soy bibliófilo. Pese a esta apariencia un poco quijotesca –miró amigable a la mujer, que volvió a responder con cortesía–, nunca he sido una rata de biblioteca, ¿qué queréis que os diga? Nuestro tiempo sobre la tierra es limitado. La vida es extremadamente corta. Y me sentí envejecer en la nieve de Boston, rodeado de hombres con la nariz enterrada en montañas de libros. Prefiero el sol, a estos niños, las *cosas sensibles*. Soy consciente de lo estrambótica que es Florida, pero... Ah, he estado leyendo sobre su historia colonial, sobre Ponce de León, todo eso, seguro que conocen esa leyenda sobre la fuente de la eterna juventud que vino a buscar por estas latitudes: ¡pues *voilà*, a eso mismo vengo yo!

Se oyeron risas y palmadas de celebración en toda la playa, como si mi padre acabara de dar una clase magistral.

–Sí –susurró la mujer–, el entrevistador decía que piensa desde la vida, no desde la academia. Lo llamaba «el pensador de la piel».

–¡Pero qué cursilería! Aunque un poco cuuursi sí soy, ¿a que sí, niños?

Mi padre hizo su reverencia de patinadora de hielo. Nico rió, tímido. Yo no sé qué cara puse.

–Cursi o no, el caso es que aquí está: con sus niños y con un puesto en la universidad. Perfecta coartada. ¿Y solo le han dado la custodia durante el año académico? Con todo el respeto, que los hijos vayan directamente a las madres cuando los padres se separan es un disparate. ¿Usted no tiene manera de influir en esas decisiones, profesor? –dijo el hombre–. En fin: ha hecho bien en venirse a vivir a Key Biscayne. Somos varios los españoles aquí; los cubanos, despectivamente, lo llaman Key Spain. ¡Ah! Tengo tantas ganas de conversar con usted y ver qué piensa de... ¡Beth!, recuérdame que llame al cónsul. Vamos a celebrar la llegada del profesor como es debido.

Lo último que recuerdo es escuchar cómo el hombre le explicaba quiénes eran los vascos y los catalanes de Miami. Algunos estaban vinculados al cónsul, y los demás, la mayoría, se dedicaban a la publicidad y a la producción audiovisual. La última broma fue que vivían donde los artistas y los contrabandistas, pero que, al menos, podían vivir como ellos sin cometer ilegalidades, «o pocas».

No. Lo último fue mi padre diciéndoles que aquello se llamaba *serendipity*, encontrar lo que uno no sabía estar buscando, por casualidad, mientras creía buscar otra cosa. La pareja gigante rió. Ella dijo que quizás al final *sí* era un esnob, y mi padre entonces tuvo una reacción espontánea –y no destinada a seducir o educar a su oyente– por primera vez en mis recuerdos.

Aquel año aprendí la palabra *serendipity* y también la palabra *synthesis*. Como casi todas las palabras, me las enseñó él: me mostró su forma y me mintió sobre su significado. Aunque el único modo de enseñarle algo a alguien es mintiéndole. No se accede a la verdad desde la verdad. Al oasis se llega, si se llega, porque uno ha descubierto el espejismo.

VI

Nos mudábamos persiguiendo el sol como los pájaros, los jubilados y los republicanos, sí, pero nos topamos con una época de lluvias torrenciales. No diluvió el día que llegamos, como si Miami se adecuase a la imagen que tienen de la ciudad los recién llegados solo para mostrarles, al día siguiente, su verdadero temperamento: el tropical, es decir, el cambiante. El clima engañoso en Florida me remite, además, al comportamiento imprevisible de los seres que conocí en la isla, y, también, a las ambigüedades y el alma tornadiza de nuestro propio padre.

El primer desastre ocurrió el día del traslado, yendo del motel a la casa, en plena mañana de mudanza. La atmósfera estaba colmada de agua y nuestro coche quedó encallado en la única carretera de la isla, que era, de pronto, un río: Crandon Boulevard estaba desierto excepto por dos patrullas que desviaban el agua hacia las playas. Algún otro coche trataba de conducir y los carritos de golf empezaban a flotar.

Nico abrió la ventanilla para pedir ayuda, pero nadie nos oía a través del aguacero.

–¡Niños, silencio! Agarraos al respaldo de los asientos, con fuerza. No os mováis.

El torrente de agua nos iba en contra. Aceleró. Logró desplazar el coche hasta Ocean Lane Drive, y allí paramos en seco. La corriente nos deslizaba lentamente hacia atrás.

–Papá.

Yo me había petrificado sin dejar de registrar todo lo que sucedía a mi alrededor. Oí a Nico:

–Papá, ¿por qué paras?

Como él seguía sin contestar, Nico se incorporó, no sin antes escudriñarme de reojo. Era algo que solía hacer –cuidar de mí disimuladamente, para que yo fuese lo menos consciente posible de mi desprotección–, pero entonces yo también me incorporé. Vimos la muñeca hinchada de nuestro padre. Hinchada no: hecha una bola, una especie de muñón morado, como si un hueso o un ligamento estuviese fuera de su sitio, a punto de atravesar la piel.

–Es por la fuerza que ha hecho con el volante –dijo Nico–. Creo que el policía del aeropuerto se la esguinzó.

Mi padre no se quejaba, supongo que por la adrenalina, pero tampoco era capaz de seguir conduciendo. Estaba en silencio, soportando el dolor. Los tres nos bajamos del coche, caminamos a contracorriente y entramos en el recinto llamado Condominium 4. A salvo, cuanto más ascendíamos por las escaleras naranjas más atrás dejábamos el agua, que no nos alcanzaba, no trepaba, trepábamos nosotros y algunas personas más huyendo de la tierra que se había tornado mar. Subiendo, saltando de piso en piso como personajes de un videojuego, atravesamos desde lo alto dos piscinas rebosantes de lluvia.

En nuestra familia todavía hay quien se extraña de que, más adelante, yo me pasara la vida evocando cada imagen y cada escena de nuestros días reales e imaginados, los que vivimos y los que creíamos vivir. Pero nada tiene de raro. Esta es mi película casera, y no es mi culpa que sus sucesivos traspiés se parezcan más a una aventura que a una vida. Si digo que la sensación de irrealidad me invadió de vez en cuando aquellos meses, aquel fue quizás el segundo momento, en las escaleras del condominio, durante el ciclón. Tras los pasillos, tras las escaleras en llamas mojadas, llegamos a la puerta número 302.

Nuestro padre sacó unas llaves, franqueó la entrada y el milagro ocurrió. El Apartamento o el Olimpo: todo seco, dispuesto, listo para cobijar a nuestros cuerpos chorreantes. Las maletas —lo que sobrevivió de las bolsas de basura que teníamos por maletas— las recuperamos al día siguiente: la policía de la isla había amontonado los vehículos varados, y Rocinante estaba entre ellos, con las puertas abiertas como si nos abrazara. Lo último que recuerdo de aquel día —que empezó en diluvio pero terminó en resurrección— fue asombrarme al ver lo que nuestro padre había salvado del coche.

No fue el teléfono móvil. Tampoco el GPS o la cartera repleta de tarjetas caducadas. Había agarrado unos folios.

—¿Y esos papeles mojados?

—Es la primera clase del semestre, la doy la semana que viene. Menos mal que la preparé en el avión, porque cuando terminen estas lluvias nos vamos a la playa, ¿entendido?

Sin darles más importancia puso los papeles a secar, pero alcancé a ver el título. «Elogio de la incompetencia». En el subtítulo se leían dos notas provisionales: «Defensa de la fantasía» y «Público a parodiar: "hombres de acción", "realpolitik"», etc.

A continuación, vi lo que Nico había salvado: dólares.

VII

Dormimos los tres en la cama de matrimonio. Necesitamos una larga noche de sueño para recuperarnos de los primeros días, de los aeropuertos y los tránsitos, de los aguaceros y la llegada al condominio. Pero, al despertar, el apartamento parecía cubierto de plata en polvo. Todos los despertares dan paso a un nuevo día, pero algunos anuncian una vida nueva.

Al frotarme los ojos, el blanco se convirtió en luz sobre los muebles, sobre el suelo de mármol. El apartamento no estaba «bañado de luz», esa expresión no evoca lo que quiero decir: los rayos caían de modo tranquilo, y no omnipotente, sobre las superficies. Había una apertura en el techo, la terraza se extendía al fondo del salón, y el sol incidía de modo doble en cada objeto, como en un efecto óptico.

El diluvio había terminado. Así lo decía la televisión, que dejé encendida mientras paseaba de puntillas por cada esquina de aquel piso. Mi hermano y mi padre dormían a pierna suelta y enredada. Los pájaros gruñían afuera. Cerré la puerta para no despertarlos, pero, sobre todo, para experimentar aquel primer encuentro con el espacio en soledad. Recorrí el salón blanco, la cocina abierta, acaricié cada electrodoméstico. Aquella mañana, la casa me protegía, aún no estaba regida por nadie, yo era huérfana y virgen. Tanto yo como la casa estábamos ordenadas, limpias, no olíamos a nada en particular.

Me aboqué a la terraza. Tenía una red que bloqueaba el paso de la vegetación y desde nuestro salón se veía la piscina ondulada a través de una selva doméstica, con vistas a lado y lado: a mi derecha, la ciudad de Miami y el puente que nos conectaba con ella; a mi izquierda, el Atlántico que, quizás, revelaría España al final. Lo que tenía enfrente y alrededor –el condominio– era nuestro nuevo hogar, pero me remitía a un parque de muñecas en tamaño real. A una fantasía convertida en realidad. Lo sentí incluso entonces, algo ambivalente, como si lo supiera sin saberlo todavía: es desatinado, además de peligroso, construir la casa como espejo del ensueño. Hacer de una idea un edificio.

Durante los días siguientes dejamos encendido el canal del tiempo, aquel había sido el consejo de los policías que nos habían devuelto a Rocinante: no era recomendable hacer planes sin saber si se acercaba un huracán o lluvias torrenciales. Además de los papagayos y la constante voz del meteorólogo, durante aquellos días sonó varias veces el teléfono de nuestro padre. Cuando lo cogía, solía ser alguien de Boston. O eso nos decía él.

Habíamos pasado mañana y tarde explorando las playas cuando, al sexto día, le contestó a nuestra madre.

—Llevo llamándoos toda la semana, ¿estás loco? No me cogías. ¿Estáis ya en...

—Cálmate, mujer. Estamos todos estupendamente. Esto es una maravi...

—¿Dónde están los niños?

—Mira, no te hemos llamado porque los primeros días han sido *hectic* y *frantic*, como dicen ellos. El niño acaba de aprender esas palabras y no para de repetirlas. Significan algo así como...

—Lo que me faltaba, clase de inglés. Pásame al niño ahora mismo. O a la niña. ¿Estáis ya en la nueva casa? ¿Habéis llegado a la isla?

—Claro que estamos en la casa. Pero mira, justamente ahora están en la ducha, se han pasado el día en la arena, rebozándose. Están pletóricos, ya lo verás, no te preocupes.

—Pásamelos ahora mismo, Ricardo. Necesito oírlos.

—Si nos llamas en diez minutos habrán salido de la ducha. De veras. Es que estaban llenos de sal. Aquí el nivel de...

—¿Que llame para que vuelvas a rechazar la llamada? No. Por favor, Ricardo, avísalos de que estoy al teléfono. Y cuéntame cómo fue el día del viaje, la llegada, y dónde habéis estado y qué habéis hecho hasta hoy. ¿Cómo están ellos? ¿Tú ya has encontrado alergólogo para Nico? ¿Y el ortodoncista?

—Te repito que todo ha ido de maravilla. No hay mucho más que contar. Un lío divertido en el aeropuerto, y luego...

—¿Qué pasó en el aeropuerto?

—Un lío con la documentación.

—Ricardo, ¿tienes los documentos de los niños? Ten muy claro que tienen que venir por Pascua, en dos meses exactamente.

—Sí, mujer, cálmate.

Y de nuevo su risa abrupta, risa anciana e infantil, risa viril y escuálida.

—¿De qué te ríes exactamente? Llevo toda la semana leyendo noticias. He visto lo de las inundaciones, y cuando no contestabais he pensado que...

—¿No deberías estar trabajando, más que enganchada a la tele? Aprovecha que no tienes distracciones, con los niños es imposible.

—¿Cómo quieres que trabaje? ¿Qué quieres que haga si no tengo noticias vuestras: olvidarme de mis hijos y sentarme a producir guiones televisivos de mierda? Han cerrado el teatro. Y de lo único que me apetece escribir es de lo cretino que eres. ¿Quién te crees que soy, Ricardo? ¿Un perro? ¿Crees que soporto tanta tortura?

—No seas exagerada. Además, ¿qué crees que he hecho yo para ser capaz de trabajar todos estos años, teniendo a los niños tan lejos? Intentar olvidarme a la fuerza y ponerme a trabajar.

—¿O sea que te estás vengando?

Silencio.

—Ricardo, sé razonable. Yo no tengo contactos en Estados Unidos, ¿cómo se supone que debo saber algo de mis hijos, si no es a través de ti? ¿Dónde os habéis alojado? Según dijo mi abogada, entrabais en la nueva casa el *miércoles* pasado. ¿Dónde habéis estado hasta entonces? ¿En casa del tal cónsul?

Fue una suerte que mi padre no mintiera acerca de eso, porque a continuación ella dijo:

—Ya. Es que he llamado al consulado, no te imaginas qué vergüenza, y él tampoco tenía noticias vuestras. ¿Cómo no me coges el teléfono? Y para algo les compré móviles a los niños. Nadie contesta. He estado a punto de llamar a la policía.

—Mira, tengo que buscar toallas y secarlos, que van a salir de la ducha. Te llamaremos más tarde. Dales cariños a tus padres de nuestra...

—¡Mis padres! Que sepas que los vas a matar de pena. No saben nada de sus nietos. Estamos todos en vilo, Ricardo. Este no era el acuerdo, sabes perfecta...

Mi madre se interrumpió. Sabía que, si se arriesgaba a que él colgase, podía no volver a saber nada de nosotros en una semana. Con tono más pausado, retomó la afrenta:

—Te lo voy a preguntar «sin alterarme», como dices tú: ¿por qué esta mudanza, sin aviso previo y sin comunicación al llegar? Los niños *necesitan* hablar conmigo y yo saber de ellos. La mudanza en medio del año no estaba en el acuerdo de custodia, ¿a qué responde? Todavía no lo entiendo. Y no seas frívolo, no menciones a mis padres. Mi padre está a punto de operarse, y cada día me pregunta por los niños.

Silencio y, antes de contestar, un suspiro autosuficiente:

—Consulté con mi abogado lo de la mudanza, está contemplado en *su* interpretación del acuerdo.

Y los niños están mejor que nunca, mira, ¿no los oyes? Están saliendo del baño. Debería preocuparte más cómo suenan tus hijos que lo que dice un papel.

—Mudaros de ciudad, y a la otra punta del país, *no* estaba en el acuerdo. ¡Y a Miami! ¡A quién se le ocurre! ¡Si ni siquiera lo avisaste, a tu abogado! Incluso para él es difícil defenderte. Solo quiero entender por qué. Los niños estaban encantados en Boston, yo estaba feliz de que ellos se hubieran adaptado. Y de pronto, sin antelación, me informa mi abogada de que te los llevas a Miami. ¿Te parece normal? Y ni me llamáis al llegar. No duermo, Ricardo. Estoy con pastillas. Me despierto en horario americano por si me llamáis. Y los niños nunca han sido así, de no hablar. Lo hacen por ti, ¿sabes? Cuando los tienes, dejan de comunicarse y de contarme cómo están. Cuando están conmigo, en cambio, te llaman cada día. Yo no los privo, ¡no los secuestro de su padre! Y lo que tú has orquestado es un secuestro, ¿me oyes? Que los niños lo hayan aceptado no quita que sea un secuestro, no sé cómo confié en que cumplirías el...

—Espera, *watch your language*, ¿desde que «los tengo», dices? ¿Ahora los niños son tu bien en propiedad? Son de ambos. Esa es la cuestión.

—¡No son de nadie! Son unos críos, que además te adoran porque tienen el alma pura. Pero es imposible entenderse contigo, ni con abogados de por medio, ¿por qué siempre actú...

—No me hables de abogados, ni de pastillas ni de secuestros. Desde que decidiste irte con los niños, con tres y cuatro años, conozco bien las pastillas. Tampoco me hables de estar pendiente del teléfono. Y deberías preguntarte, tal vez, por qué cuando están contigo me llaman *cada* día, y por qué, ahora, ni un solo día preguntan por ti.

Silencio al otro lado.

—Ricardo, ¿te estás oyendo?

—Mira que eres malpensada, mujer. Basta de preocuparte, están con su padre. Además, ya sabes lo que dicen: con los niños, *no news is good news*.

—Serás manipulador. Si los niños no me llaman, es porque saben que tú no quieres. Eso no puede ser bueno para ellos. Y eres adicto a los somníferos desde que te conocí, no me...

—Oye, te repito que si me vas a insultar es mejor que lo hagas a través de los abogados. Y mira: la oferta de trabajo en Miami era imposible de rechazar. Surgió así, en medio del semestre. Recibí una llamada, lo sopesé y me pareció la mejor opción.

—Tu contrato en Harvard duraba todo el año. ¿Por qué no te quedaste allí quieto, cuidando de los niños, que es el único sentido de que pasarais este año juntos? Me da rematadamente igual dónde estés, Ricardo. Me importa tres huevos lo que hagas. Lo único que me importa es el acuerdo: que les darías a los niños la estabilidad que necesitan, incluidas las comunicaciones conmigo. Ni siquiera desconfío de tu *criterio*, ¿crees que lo hubiera firmado si no te creyese capaz de cuidarlos?

—Pues ¿a qué viene tanto alarmismo? Están conmigo, contentos de la vida.

—Lo sé. Lo que no sé es por qué me excluyes. Semejante cambio de...

—*Well, not everything is about you, dear.* Yo estoy tan tranquilo con mis hijos, y ellos con su padre, y tú lo planteas como una ofensa a tu persona. A ver quién es la manipuladora y la narcisista.

—Si está la ley por medio, Ricardo, es porque es imposible que tú cumplas nada. ¿Que no involucre a un juez? Lo que a ti te parecen «nimiedades legales» es lo que garantiza el bienestar de mis hijos. Voy a llamar a...

—Bueno, antes de que vuelvas a poner en danza a la policía, que sepas que lo decidieron ellos. Lo de mudarnos a Miami. Les pregunté si les apetecía, y se pusieron a saltar en las camas de alegría. Tendrías que haberlos visto. O sea que, si testifican, si llamas a la policía y los haces testificar otra vez, eso es lo que dirán: que lo decidimos juntos, que ellos también querían. No lo dudes.

—Te repito que el acuerdo era entre tú y yo, los adultos. Son menores de edad y lo que ellos decidan no cuenta. Aunque me creo que los hayas incluido en la decisión: es exactamente tu estilo. Apenas eres su padre. Eres una especie de tercer preadolescente.

—Ahí es donde nos diferenciamos tú y yo, querida. Por pequeños que sean, yo creo que los niños tienen intuiciones sobre lo que desean. Tú solo operas mediante la imposición. Oye, tengo que dejarte. Están y estamos de maravilla, tenme un poco de fe.

—¿Cómo podéis estar de maravilla sabiendo que yo estoy en vilo? Y si están de maravilla, pásamelos.

Voy a pedir que llamen al juez, Ricardo. Y por supuesto que nos diferenciamos: lo que yo creo es que los niños son manipulables, y tú los has convencido para que te sigan adonde más calor haga, y para que nieguen a su madre. Quién sabe por qué te ha picado la mosca de Miami. ¿Cómo se te ocurre, sin avisarme?

–Te dejo, me duele la muñeca de sujetar el teléfono. Y de acuerdo, si te quedas más tranquila: lo siento, sí, veo que nuestro modo de lidiar con la mudanza no fue el mejor para ti. Piensa lo que quieras, pero no hubo mala intención. Se precipitó todo así a este lado del Atlántico. Me llamaron desde la Universidad de Miami, luego les pregunté a los niños, en fin... Nada de eso quita que ahora, aquí, estemos de perlas.

–Pero ¿por qué te duele la muñeca? Serás maricón. No me puedo creer que estés...

–Bueno, pues no hay manera, ¿por qué no titulas así tu nueva pieza teatral? *Serás maricón.*

VIII

No esperaba quedar tan exhausta al reproducir esta conversación, pero lo más probable es que sea una mezcla de las varias conversaciones que escuchamos, entreoímos o presenciamos mi hermano y yo a lo largo de los años. Ahora que vuelvo a vivirla, entiendo el desconsuelo de mi madre. Veo también su ingenuidad: ella le preguntaba a él por una razón que rigiese su comportamiento. Pero es posible que no existiese tal razón, y que su arbitrariedad fuese más cruel que su malicia. Para quien lo busca, la falta de sentido es más alarmante que el sentido equivocado.

Si Key Biscayne era una tierra sin ley, nuestra casa fue el trono del anarquismo. Por supuesto, nadie en aquella casa se estaba duchando, apenas nos duchábamos, y yo escuché el intercambio telefónico apática, desde el sofá. Aquel día no llegué a hablar con ella, aunque a cada intervención suya, él me miraba como diciendo: «Oye, si quieres te la paso». Era yo quien negaba con la cabeza. Pasó mucho tiempo hasta que dejó de molestarme su tono crispado, sus insultos explícitos a los insultos velados de mi padre. No sé qué edad tendría, es posible que fuese vergonzosamente tarde, pero en algún momento descubrí que no se puede culpar al esclavo por resentirse, al animal maltratado por morder, a quien tiene ojos por ver.

Además, no hacen falta órdenes para la obediencia: un hijo escucha el mandato silencioso de un padre. Es su súbdito para el bien y su soldado para el mal. No sé qué diferencia a la lealtad de la influencia, pero sé que, en Key Biscayne, yo todavía cumplía sus deseos. Pese a ser más obediente que nunca, aquel año empecé a rechazar dormir con él. Cosa extraña, porque siempre me echaba a su lado, sin rechistar, cuando me lo pedía.

Aquel mismo día, antes de irme a mi cuarto, lo asalté en el suyo como si me despidiera de aquel hábito. Me lancé a su cama y le palpé la chaqueta. Había algo rígido. Pesado.

—Perdona que me eche, guapísima —dijo con los ojos cerrados—. Esto de la muñeca me está matando. Me he tomado unos calmantes, pero cada vez está peor. A ver si durmiendo...

—¿Por qué no vamos al médico? Puedo pedir un taxi. Podemos buscar el número de taxis de la isla.

—¡El médico! No, qué lío. Con los calmantes me dormiré y mañana me dolerá menos. ¿Tú quieres uno?

Me reí y él también se rió. Le hacía gracia mi desconfianza hacia los fármacos. Desde que habíamos llegado a Estados Unidos, él había elevado a religión su tendencia a automedicarse: aquí, había botes de pastillas en todas las casas, en las mesas del comedor, en las repisas del baño. Eran, claro, suplementos vitamínicos, porque la comida americana estaba hecha de petróleo, pero él insistía en la supremacía de los medicamentos, las aspirinas, la química ante cualquier circunstancia. Nuestros meses en Florida solo ratificaron su adicción, su propensión a poner el remedio antes de preguntarse por la causa.

–Con mamá solo tomamos esas pastillas si estamos muy malos.

–No, no, esta es distinta. Esta te ayuda a dormir y a relajarte.

Recuerdo negarme escandalosamente porque me gustaba hacerle reír, patalear como si tuviera menos edad de la que tenía, fingir que me obligaba a tomar las pastillas cuando no sucedía tal cosa: pero entonces tomé una y quedé drogada de felicidad, y él también, ambos suspendidos en la cama. No me acuerdo qué hicimos a continuación. Me costó trabajo recordar qué le quería preguntar –siempre quería preguntarle cosas–, pero algo me ralentizaba el pensamiento, la reacción. Él también estaba a punto de dormirse. Dije algo y asintió. Se tocó la entrepierna.

–Papá, ¿qué tienes en la chaqueta? Esto de aquí.

Entreabrió los ojos y luego los abrió de golpe, como ante el fin de una pesadilla. Empezó a palparse el cuerpo. Estoy segura de que mis ojos eran tan redondos como los suyos. Se metió la mano en el bolsillo y, despeluchado, dijo:

–Oye, sobre todo no te asustes, ¿eh?

59

Mantuvo la mano dentro del bolsillo y los ojos dentro de mí. Me brotó la risa, de nuevo, cuando vi que sacaba una pistola. Pero él estaba serio. Conseguí copiar su expresión, y entonces él respondió a mis preguntas. Dijo que, tras aquellos primeros días en el motel, le había llegado un paquete a su nombre.

–Al principio no lo comprendí y me asusté, la verdad. Pero luego leí la nota. La firmaba el tipo aquel, el hombre que nos encontramos en la playa. Me la mandaba de parte del cónsul, con una licencia y en un paquete del cuerpo diplomático.

–¿Para qué?

–Para nada. Dicen que conviene que la tenga en casa, que en la isla todos tienen una, que un poco de protección es razonable. Un curioso regalo de bienvenida.

Le pedí que me enseñara cómo se agarraba. Inmediatamente se negó, pero entonces le dije que, si no lo hacía, me iría a dormir a mi cama. Apretó los ojos. Claudicó. Me aseguró que no estaba cargada y me puso una mano en el pelo:

–Así. –Metió el dedo en el gatillo–. Ni se os ocurra cogerla.

–¿Y dónde la guardas?

–¿Crees que te lo voy a decir? Tienes un padre gánster, no un padre idiota. ¡Pam, pam! ¡Manos arriba, señorita!

En aquel momento, mientras mi risa extática volvía a nublarlo todo, llamaron a la puerta. Digo «llamaron» porque me había dado la sensación de que estábamos solos en la casa, en el mundo, en el océano, él y yo.

–¿Habéis terminado de cuchichear? –dijo mi hermano–. Las noticias se han acabado. He aprendido dos palabras nuevas. Ah, y he pedido la cena. Tenemos cita médica para la muñeca de papá, mañana. Bueno, las palabras son *hideous* y *gruesome*, ¿las conocíais?

Mi padre las apuntó en su libreta. En mi mente se apuntaron solas hasta hoy. Nos quedamos hasta tarde viendo la tele, primero un documental sobre la historia de Florida, después otro sobre los problemas de inundaciones en todo el estado, causadas, según el presentador, por tratarse de un «estado ficticio», «modificado a voluntad por sus colonos modernos, que construyen el tipo de casa y terreno del norte en vez de adaptarse al terreno acuoso, autóctono, característico de esta geografía». Cambiamos de canal cien veces mientras comíamos plátano frito y arroz con frijoles en el sofá, pero volvimos al canal inicial. Debimos pasarnos horas frente a la televisión, sedados. Nos impregnó a todos el olor a comida cubana, pero miré por un momento las manos de mi padre, secas, y me pregunté si olerían a pólvora. Como si lo hubiese adivinado, se levantó de golpe, pero volvió con un objeto completamente distinto: la cámara. Nos apuntó con ella.

Segunda parte
Key Spain

I

—He visto a tus profesoras, sí. Pero parecen sacadas de una telenovela colombiana. Seguro que no conocen ni a Cervantes, las mujeres. Toma, llévales esto.

Gordo, duro, el libro era una edición crítica del *Quijote*. Mi padre había ido a buscarlo a las afueras de la ciudad. A mí me avergonzaba llevarles nada a las profesoras, así que me lo quedé yo y lo leí durante aquellos meses. Mejor dicho, fingía leerlo mientras miraba una y otra vez los títulos que encabezaban cada capítulo. Las peripecias, los raros sucesos, las aventuras que acababan en desventura y cuya moraleja era siempre inesperada: me parecía que aquellos episodios hablaban de nuestra vida, o que mi padre vivía su vida en función de ese libro, como le ocurre al propio caballero andante.

Pocos días tras nuestra llegada terminaron las vacaciones navideñas. Retomamos el curso escolar —yo en el nuevo colegio y Nico en el nuevo instituto—, pero cuando le hablé de mis profesoras de la isla, brotó la risa autosuficiente de mi padre. Dio una calada. Hizo algún otro comentario de intención pedagógica, pero su desdén hacia mi colegio escondía algo entrañable: él creía ser mi único educador.

Para ser francos, en Key Biscayne no terminé de leer ni un solo libro. Ni en casa ni en clase. El entorno era, por sí solo, un jeroglífico que descifrar: los hábitos, las siluetas. Me embriagaron las nuevas imágenes, el color y su contrario, la luz y su reverso. Con la lengua me sucedía lo mismo que con la realidad, y lo que aprendí aquel año lo aprendí por choque. No por pedagogía, tampoco por traducción.

La vacación perpetua con nuestro padre no estaba exenta de aprendizajes, es cierto, pero hay un desperfecto en este cálido paisaje. Relacionarme con niños de mi edad, estrechar lazos con otras personas que no fueran él, me hubiese sostenido cuando mi única relación aquellos meses —la que urdíamos él y yo— empezó a resquebrajarse. No creo que mi padre me engañase, al contrario. Creo sencillamente que se equivocaba, y que así, montado en un caballo, me abocó con él a la equivocación.

Pese a todo lo que vino después, esto también me enternece: si tardamos en matricularnos fue porque él buscaba el «mejor» colegio de la zona. El más prestigioso y probablemente el más caro. Escuché la conversación con su secretaria de la universidad en España, de quien seguía dependiendo para cuestiones logísticas o tecnológicas, y a quien había convertido en su secretaria personal. Ahora, a mediados de enero, había aprendido a usar el altavoz y se pasaba el día por la casa, entre papeles y libros, con el manos libres:

–Ricardo, hazme caso: no hay tal ranking en la zona de Miami.

–¿Has llamado al cónsul? Nada de mirar rankings públicos. La manera es llamarlo a él directamente: ¿a dónde llevaría *él* a sus hijos?

–Sabes perfectamente que el cónsul no tiene hijos. Y sí, también lo he consultado con él, no...

–Bueno, lo haré yo mismo. Nos han invitado a una de esas fiestas absurdas y allí lo veré. ¿Has preguntado en la universidad si puede venirse la niña? ¿Has hablado con el decano?

–Cuando consulté a la universidad no hubo...

–Dime qué dijo el decano. Nada de hablar con administración.

–Pues dijo que no, Ricardo. La niña no puede ir a la universidad en vez de al colegio: tiene doce años.

–Casi trece. Y es muy despierta.

–Es imposible, hazme...

–¿Quieres que te lea uno de sus poemas? Lo he encontrado y creo que...

–Oye, el decano me ha dicho que todavía no te han visto el pelo por la universidad, ¿tus clases tampoco han comenzado?

–El semestre académico arranca en febrero. Estamos en enero.

–Tengo enfrente el calendario académico, sí que ha empezado el semestre, pero tú sabrás. Escúchame, no te compliques con lo del colegio de los niños. Escuelas como las de Boston no va a haber. Manda a la niña al colegio de la isla; apúntate el nombre y la dirección, está a cuatro calles de vuestra casa y puede ir caminando. Estás en una de las mejores zonas de Miami, el colegio no puede ser malo, eso son prejuicios tuyos, Ricardo. Y para el mayor, la madre de los niños me ha enviado una lista de institutos en la zona de Coral Gables; ella también anda preocupada por el tema, pero desde que...

–Ah, excelente, recítame esa lista. ¿Por qué no la ha aportado antes? Ahora se ha pasado el plazo de inscripción.

–¿Cómo va a saber ella cuál es el plazo si no se lo dices? Además, le debe de dar vergüenza llamarme a la oficina desde que cortaste sus llamadas. Lo tengo todo en el correo. Me escribe casi todos los días, Ricardo. Me preocupa que esté preparando una demanda. Ah, tengo también el alergólogo y el ortodoncista de los niños. Tampoco están lejos de vuestra casa. La madre me repite que esas revisiones estaban en el acuerdo. A ver, apúntate primero el colegio y...

–Lo de la demanda es un farol. No sería la primera vez. Y si me demanda, pues llamamos a Alberto.

–Mira, coge un bolígrafo. Primero te digo el nombre del colegio y luego te apuntas el del alergólogo para el niño y el ortodoncista para la niña. ¿De acuerdo?

Podría reproducir estas conversaciones telefónicas hasta la saciedad, transcribirlas me produce una triste diversión. Me permite, durante unos minutos, volver a escuchar su voz frenética, sus malabarismos. Pero esta llamada solo me hace gracia hasta que recuerdo su cierre: hubo una referencia a un viaje al

Caribe, ellos dos, cuando nosotros tuviésemos alguna excursión escolar. Era ella quien lo proponía, no él.

Me sorprenderá hasta el fin de mis días la capacidad de las mujeres de humillarse por mi padre. Aunque no se humillaban exactamente, sino que se encontraban, un buen día, humilladas. Así funcionaba su seducción: era él quien engatusaba, pero era una quien terminaba convertida en gato.

Una vez humilladas, a mí me causaban cierta simpatía todas las mujeres gato, serpiente, mariposa que revoloteaban a su alrededor; las sabía inofensivas e intuía que mi padre no las respetaba del todo. Aquel día, la secretaria decía estar a punto de reservar tal suite en tal hotel de Cancún. Le pedía a él su confirmación. No, dijo. Quería quedarse con nosotros.

Para entonces, yo ya lo había visto prometerle demasiadas cosas que luego no cumplía, y hoy reconozco que también hay algo ruin, masculino, en mi manera de seducir. Sé que lo contraje de mi padre durante aquel año, como quien contrae una gripe: simplemente está, como las mariposas, en el ambiente.

II

No sentí nervios ante el primer día de colegio, pero los hubiera sentido –los hubiera previsto y refinado con tácticas de disimulo– de haber sabido con qué me toparía. Desde aquella mañana noté algo raro en las niñas. Eran a la vez más adultas e infantiles que yo. Superpuestos a su niñez había mechones, accesorios, cremas y capas de maquillaje. Sus rostros parecían provenir de la televisión, pero eran niñas reales, de carne y hueso. Poblaban, homogéneas, la escalera que unía el patio con la entrada. Cuerpos apoyados en la barandilla, encima de otros, apiñados, tomando el sol. Si me refiero a sus «cuerpos» más que a «ellas», es porque sus brazos, sus piernas, incluso sus pechos incipientes parecían no corresponderles del todo. Los llevaban como si vistiesen un accesorio más.

No hablaban entre sí, y si lo hacían parecían intercambiar información más que comunicarse. Sus siluetas lánguidas estaban listas para ser llamadas a escena en alguna película sobre adolescentes.

–*Hi.*

Una niña negra me escrutaba. Sus dientes eran atroces y su cuerpo bastante más delgado que el mío.

–*Hi* –insistió.

–*Hi* –reaccioné–. Me he mudado hace unas semanas, mi padre se había olvidado de matricularme.

Éxito: se descuajeringó de la risa. Su dentadura, llena de metales, luchaba por huir de su boca. Siguió riendo, como si se hubiese quedado encallada. Y entonces sucedió lo más extraño: se acercó y me abrazó, también de un modo ortopédico. Me dijo *bienvenue*, en francés. Entre las tropecientas cosas que me contó, porque no paraba de hablar, Marchelle me dijo que era de Haití; que ella también había llegado a Key Biscayne hacía unos años y que su madre trabajaba en los hoteles de lujo de la isla. Lo dijo con cierto orgullo, con la lealtad de un sirviente ante un rey a quien nunca ha visto en persona. Recuerdo el olor de sus aparatos, de su boca desenfrenada, y sentir que lentamente mis músculos se relajaban. Entendí de inmediato que Marchelle me iba a acoger, que no me iba a abandonar.

Ya lo creo que no. Marchelle resultó ser la marginada y estar, como corresponde, resentida con todas las demás niñas del colegio. Vio en mí una amistad inocente, un antídoto contra su propia falta de amigas. Algo de aquello presagiaban sus frases disparadas, su abrazarme de modo compulsivo, su lengua, que más que hablarme parecía querer engullirme.

–En España nunca vamos al baño de a dos –le dije cuando quiso entrar conmigo.

Obediente, esperó fuera. Cuando salí, quiso acompañarme a mi aula.

—Ustedes no están en la misma clase —dijo la encargada de pasillo.

Marchelle y yo teníamos la misma edad, pero, por el retraso de mi padre en matricularme, yo iría un año por encima de ella. Este desajuste no era inusual, en Estados Unidos organizaban a los alumnos por grado y aptitud, no siempre por edad. Terminamos por coincidir en el grado más bajo de gimnasia, pasadas las semanas.

—Marchelle, haga el favor de irse a su clase —le repitió la encargada, viendo que no se despegaba de mí.

—Pero es *nueva* —replicó con un retintín ambiguo, como si estuviese hablando de sí misma y no de mí.

En Marchelle vi por primera vez, de modo parcial, lo que vería con claridad más adelante: que alguien esté desamparado no significa que sea inofensivo. La auténtica soledad no ve a personas, sino a instrumentos.

Pero ella no era la única solitaria: en aquel momento, el afecto violento y servicial de Marchelle también me era útil a mí. Cuando sonó el timbre, Marchelle se pasó el trayecto hacia las aulas echando pestes de la encargada.

—*Well*, ahora ya lo sabes. Esa negra es una puta.

Seguí caminando en silencio, traté de expresar con los ojos que sí, que seguramente la encargada era una puta, pero lo que estaba pensando era que Marchelle y ella eran idénticas. Supe, pasadas las semanas,

72

que quien trabajaba en el Ritz-Carlton como mánager del servicio era su tía, y que aquella mujer –la encargada de pasillo– era, de hecho, su madre, aunque fingía no conocerla durante el horario escolar. Yo apenas había salido de nuestro condominio, pero no tardé en descubrir que en la punta sur de la isla se amontonaban edificios con cientos de pisos, distintos al ambiente pretendidamente idílico y familiar de las viviendas del norte. Marchelle me contó que allí vivían todas juntas: ella, su tía, su madre y dos primas más. La isla podía recorrerse en un solo día, pero escondía universos enredados y paralelos, y nuestro colegio era, sin duda, un universo más.

Lo primero que registré al entrar en mi aula y verlas a todas sentadas fue que las alumnas también eran idénticas, como Marchelle y la encargada, pero blancas. Es posible que el maquillaje las hiciese más pálidas todavía, pero solo la encargada de pasillo, las empleadas de limpieza y Marchelle eran de otro color.

El ejército de niñas maniquí, sentadas e incoloras, se volvió hacia mí. No, no sentí miedo, intuía que mi físico era agradable, además de blanco también. Mi pelo era rubio, mis ojos grandes, y ahora, de pronto, me habían florecido unos bultos que no eran dignos de llamarse pechos pero pronto lo serían. Se me quedaron mirando algunos chicos, pero sobre todo chicas.

–Me han dicho que esta es mi clase.

Hablé en español porque la profesora era latina, y porque desde nuestra llegada a Miami había oído a casi todos los adultos hablar español más que inglés. Pero la profesora fingió no entender.

–¿Y *where exactly* está tu uniforme?

Sí, aquello también era raro: todas las niñas iban enfundadas en un traje casto, pero sus rostros estaban completamente untados en colores y sus cabellos alisados, estropeados por calor artificial. Digo «niñas» a falta de otra palabra que corresponda a aquellos seres intervenidos, como de laboratorio, blanquecinos y metidos a la fuerza en polos y pantalones. Sé, cuando miro atrás, que en aquellas niñas lo artificial remitía a otra cosa distante de la que ellas creían.

–¿*Please* siéntate?

La entonación me confundió, la profesora enunciaba como pregunta lo que era una afirmación. Me senté. Ella continuó la clase sin inmutarse, hasta que en una pausa se me acercó y me dijo en un castellano prístino:

–Nena, tienes que irte a casa. ¿Te han visto?

No supe a quién se refería. Sin aclararlo, me explicó que si no llevaba el uniforme no podía asistir a clase. Me quedé quieta, mirándola. Cogió un papel y me apuntó una dirección.

–Mira, allá los venden, en el centro. ¿Vives en la isla o en la ciudad?

–En la isla –dije–. En Ocean Lane Drive.

–Pues vete a tu casa y dale a tu mamá esta dirección. Ahí te pruebas las tallas, agarras la tuya y te devuelves. O espera, dime qué talla usas, nena.

La profesora tenía que estar percibiendo mi confusión, pero no sé si percibía mi secreto. Mi vergüenza.

—Es que no está —dije al fin—. Mi madre ahora no está.

—¿Trabaja en la ciudad? ¿A qué hora vuelve?

Me quedé callada, autómata, actriz, administrando mi silencio. Yo no sabía cuál era mi talla. Mi padre todavía dormía a esa hora. Y, de modo sutil, él había anulado casi por completo las comunicaciones con mi madre. Me había enseñado, con su ejemplo, a apenas mencionarla, como si estuviese muerta, o, si era absolutamente necesario, hacer hincapié en que «no estaba»: que se sobreentendiera, si era posible, que nos había abandonado. Él había optado por aquel disfraz de víctima. Yo empecé a tratarlo como tal. Pero tras mi performance, tras mi mentira prestada, justo cuando noté un peso abarrotárseme dentro de los ojos, la imagen de Nico vino a mí.

—Puedo ir con mi hermano a comprar el uniforme.

—¿Vives con tu hermano mayor?

—Sí —dije—. Es muy mayor.

Para entonces la profesora ya me miraba raro, y de la extrañeza sus ojos dieron paso al reconocimiento, como si captara lo que antes no, y entendiese que todo lo que salía de mi boca era un código de otra cosa. No logré sostener el peso líquido, aunque tampoco lo comprendí. La profesora me llevó a secretaría. Allí habló con unas mujeres que estaban pegadas a una pantalla, rodeadas de ventiladores, y me enviaron a casa tras comprobar que no me había inventado mi domicilio.

—Espera —dijo una de ellas—. Acá no hay número de contacto. *Parent or Guardian* está vacío.

La profesora llamó al ayuntamiento de la isla para asegurarse de que vivía con un padre y un hermano. No sé quién contestó, pero me dejaron marchar. A la salida, el hombre que barría las hojas del patio me sonrió. Me sonrió siempre. Cuando alcé la vista hacia la ventana del aula la profesora me seguía con la mirada.

¿Qué imaginó, qué especuló sobre mi madre fantasma? No puedo saberlo. Caminé de vuelta a casa mientras todos los niños de la isla estaban en clase, en asignaturas de grados que yo no comprendía, en aulas abarrotadas de chicas robots que tampoco había visto nunca, pero yo estaba tan campante al sol. Paseé hacia nuestro condominio entre palmeras y carritos de golf, y ahora me intriga imaginarme en esta corta travesía. Recuerdo lo que veía, pero no lo que pululaba por mi mente. Seguramente nada. No estaba del todo formada, mi mente, o no era del todo mía.

Al llegar a casa me encontré a Nico. Estaba en calzoncillos en el sofá, frente a su portátil, con la CNN puesta de fondo.

—*Welcome back.* Ya me han dicho que te han expulsado en tu primer día. *Well done.*

—¿Y tú qué haces en casa?

—Estoy mirando cómo matricularme. El colegio de la isla solo cubre la primaria, el high school está en la ciudad, y papá no ha sido capaz de entenderse con ellos. Mira, prueba esto.

Alcanzó una bolsa con sus dedos del pie. Bolsas vacías y restos de comida empezaban a asentarse en nuestro apartamento.

—¿No quieres coco rallado? ¿O ahora solo tomas cocaína? Papá me ha contado que uno de los mayores narcos de Florida vive en la isla y que su hija va a tu colegio. ¿Ya sois amigas? ¿Por eso te han expulsado?

—¿Qué carajo te pasa?

—¿*Carajo*? Pues sí, ya os habéis hecho amigas.

—¿Qué es cocaína?

—Un derivado del coco. A ver, ven aquí.

Me senté a su lado. En la televisión, Obama daba un discurso sobre el terremoto del día anterior en Haití. La pantalla mostraba imágenes de la isla, testimonios, autoridades ante micrófonos, calles arrasadas. Pensé en Marchelle.

—¿Dónde está papá?

—Ha ido a buscar tu uniforme para el colegio. Nos han llamado diciendo que venías para aquí y se ha ido corriendo a la tienda, le hace una gracia loca comprártelo, veremos con qué disfraz vuelve. Tú quédate aquí.

Me hizo sitio en el sofá.

—¿Qué les has dicho cuando te han echado?

—Nada. Y no me han echado.

—La próxima vez, diles que mucho cuidado, que tu padre tiene una pistola. No le comentes que te lo he dicho, pero la he encontrado entre las galletas.

Me quedé en silencio, mirando la tele, fingiendo no haberle prestado atención.

—¿Qué te parece? Tenemos caja fuerte y la esconde en el cajón de las galletas. No le digas que te lo he dicho, ¿me oyes? Y no te asustes, pero creo que tal vez debería decírselo a mamá.

—¿Hablas con ella? —dije al cabo de un rato.

—Claro. No soy tan manipulable como tú.

Él no parecía darle importancia a su comentario. Pero era la primera vez que yo escuchaba aquel adjetivo.

—No te creo —fingí—. ¿Una pistola sacada de dónde?

—Yo qué sé. Pero sí, es una Colt. ¿No me crees? Bueno, mejor. Tú escucha las noticias: Haití está devastada. Mira, escucha.

Si cierro los ojos, reverbera en mí la voz de mi hermano, «mira, escucha», que me instaba siempre a prestar atención, a fijarme en los hechos más que en las palabras. Las palabras eran el reino de nuestros padres.

—No te creo —insistí—. Enséñame la pistola.

—Pues no me creas.

No se resistió y terminamos ambos en la cocina. Solo él, que había pegado un estirón en el último mes, alcanzaba el cajón de las galletas. Lo abrió y cayeron varias oreos y un bote de mantequilla de cacahuete.

—No la encuentro.

—Te encanta inventarte cosas —dije—. Te pareces a papá.

Yo solía acusarlo de lo que era un defecto mío. Él ni siquiera escuchó la acusación, sus ojos estaban en otro lado: sus manos rebuscaban las esquinas entre bizcochos, tabaco y envases vacíos. Mientras abría otros cajones, mi mente alternaba entre las escenas televisivas, mi nueva compañera de Haití y las imágenes cada vez más difusas de mi vida pasada, anterior. Vi una entradilla en la parte inferior de la pantalla. Decía «Los hechos de Haití». Tanto aquella formulación como la tonalidad con que los reporteros cubrían el suceso me extrañó. Luego entendí por qué. No distaba del resto de las noticias sobre celebridades, políticos y reality shows que se encadenaron en el telediario, a lo largo de la tarde y la noche.

III

Si los parches recordados sirven de algo al olvido, es para evocar escenas que yo creía enterradas. Aquella noche, después de cenar, la pistola ya no era tema, y mi padre y Nico estaban inmersos en una conversación de dos. Él le hablaba a Nico de otra mujer. Digo «otra» porque nunca se sabía de cuál hablaba, se refería a todas del mismo modo: una sola mujer, trágica y universal.

Estábamos en el restaurante cubano de abajo, frente a la playa. Recuerdo el cubano como si escribiera ahora mismo desde allí, como si todas mis frases proviniesen de las sillas de plástico y del olor a plátano frito. La brisa era caliente y las gaviotas hablaban frente al mar. A media cena, mi padre empezó a darle detalles.

—O sea, que la has conocido en la sastrería —dijo Nico.

—Era la vendedora. Una mujer encantadora. Parece ser que su familia, en Guatemala, tenía un negocio de telas, y cuando empezó la...

–¿Era guapa?

–Tenía una delantera enorme. –Sonrió como una gaviota más, impostando cierto pudor–. Pero no te creas que yo me mostré interesado. Hijo: las mujeres, si las solicitas, se asustan. Me paseé por la tienda haciéndome el tonto, mirando uniformes, hasta que ella me habló.

–Yo les hablo directamente. A las chicas.

–Porque tú también eres un chico. Yo soy un carcamal. Cuando empiezas a ser un carcamal, hay que dejar que ellas se acerquen a ti.

–Yo creo que a las chicas les gustan los carcamales, papá.

–No, cariño. Les gusto yo. Pero soy la excepción.

Se volvió a reír y atrajo a Nico contra sí. Parecía, desde mi perspectiva, estarse desnucando de la carcajada. Yo estaba dos mesas más allá, con los pies en la arena, investigando unas lagartijas azules que cambiaban de color según la luz, justo a aquella hora, tras la puesta del sol. Por puro contagio reí también, pero lo cierto es que desconocía, en aquella época, de qué hablaban y qué relación tenían ellos dos: Nico, que empezaba a hablarle sobre chicas, y él, que nunca había dejado de hacerlo. Para interrumpir la conversación me dirigí hacia ellos con mi lagartija.

–Gracias, señorita, ¿cuánto le debo? Y sí –volvió a Nico–, di vueltas y vueltas con el coche. Por eso he tardado tanto en volver con la ropa de tu hermana.

–Pero si te enseñé a usar el GPS, ¿por qué le pediste a la mujer las direcciones?

–Entre tú y yo –quiso dar un sorbo y se topó con

la copa vacía–, quería fijarme en sus pechos, de reojo. Cuando seas un carcamal, verás que debes hacerte el distraído para ganarte la confianza de las mujeres y que se dejen mirar. Con las chicas es todo mucho más sencillo. Con las mujeres, la cosa cambia.

Nico se rió, menos histriónico.

–Bueno, el caso es que me dio unas direcciones rocambolescas, totalmente desatinadas, como suele pasar con el sentido de la orientación femenino. Acabé en Palm Beach en vez de en Key Biscayne, y tuve que deshacer el camino.

Mi padre se viró hacia mí. Se aseguró de que no estaba atenta, sino inmersa en mi lagartija.

–¿Y cómo haces para mirarlos de reojo? –dijo Nico.

–¿Los pechos? Bueno, es muy fácil. Preguntas algo que nada tiene que ver, como si necesitaras ayuda, y mientras te lo explican, finges estarte aguantando las ganas: que lo sepas, a las mujeres también les gusta que les miren los pechos, pero no les gusta que *se note* que les gusta, así que solo aceptan que lo hagas cuando, al principio, te resistes. Eso indica que no eres peligroso, y, al mismo tiempo, les permite mostrar, o fingir, que no son unas busconas. Ambos sexos buscan la misma cosa, pero hay que mantener ciertas convenciones sociales. Si no fueras tan pequeño, te hablaría...

–Tengo catorce años. No soy tan pequeño.

–Eres ínfimo. Oye, ¿sabes qué? Ayer tuve mi segunda clase en la universidad, y quedaron encantados, me perdonaron haber holgazaneado los primeros días. Siempre os pongo de excusa, como si fuerais más pequeños de lo que sois.

—No sabía nada de eso sobre las chicas.

—Es que no es cierto —intervine, sin saber si tenía razón. Ambos se voltearon, no sé si avergonzados. Quise distraernos a los tres. Le pregunté algo superfluo a mi padre—: ¿Y por qué vivimos en la isla, si siempre te pierdes para llegar desde la ciudad? En el colegio dicen que la mayoría de los profesores universitarios viven en el centro.

—Parece ser que la isla es más segura, me lo recomendó el cónsul cuando empecé a rumiar lo de venirnos a Miami. Y ¿sabéis qué me dijo la mujer de la sastrería? Que Key Biscayne es conocido por las fiestas de los españoles, y me confundió, o fingió confundirme, con aquel cantante, Raphael, un hombre naranja, que vivió aquí y montaba tremendos guateques. Parece que la tradición sigue, y ya me han invitado a alguno, pero...

—Vamos a las fiestas —dijo Nico—, me aburro como una ostra todo el día en casa. Mis clases no empiezan hasta la semana que viene.

—Me da una pereza mortal ir a esas reuniones de españoles, chicos.

Nuestro padre volvió a coger su copa, volvió a topársela vacía y le hizo un gesto a la mujer tras la barra.

—En fin, a menos que queráis venir, con vosotros sí que iría. Han enviado algunas invitaciones a mi despacho de la universidad, pero si llaman a casa decid que no estoy, o que estoy enfermo. La otra ventaja de ser un carcamal —le hizo un gesto a mi hermano con la lengua– es que siempre puedes fingir estar mal de salud. ¡Y después bajas a comer y a bailar con tus hijos al cubano! Cómo os quiero, creo que nunca he sido tan...

Su cuerpo envejecido empezó a zarandearse. Movió las caderas mientras Nico se reía y se ruborizaba. Pero entonces me dieron ganas a mí de tomar el relevo, de bailar con él, de olvidar lo visto, lo oído, y entregarme al movimiento, a la fuga hacia delante. Siento que lo tengo ahora frente a mí, al son de «En bicho-bicho yo me convertí, un cocodrilo soy», y que estoy ante el fantasma de un joven en el cuerpo de un carcamal. Algunas noches, cuando bebía dos o tres copas, además de sobre mujeres se ponía a hablar sobre la muerte, sobre estar decayendo, sobre el miedo a no poder vernos crecer, y sin embargo, o quizás por eso, sus modos eran los de un muchacho recién aterrizado en la vida. Actuaba con fuerzas ilimitadas, con poder infinito, con cuerpo eterno, el cocodrilo inmortal.

Tras nuestro baile improvisado caminé hacia la orilla. Desde cerca todo era extraño en aquella nueva configuración familiar, pero desde lejos, a cierta distancia, eran un dúo sencillo, hermoso, Nico y mi padre, aunque él tuviese un efecto ambiguo sobre mi hermano y mi hermano una influencia civilizatoria en él. Es posible que aquella doble percepción me propulsara al teléfono. Llamé a mi madre al día siguiente, como si no la hubiese estado ignorando durante semanas. Hice, simplemente, lo que había aprendido de mi padre: reemerger de la nada, borrar lo sucedido, no enfrentar los hechos sino huir y volver danzando, joven y viejo, femenino y viril, siempre en línea recta, pero sobre todo en línea propia. Ella contestó a sus cuatro de la mañana.

Le conté todo lo que nos había pasado y nada de lo que en realidad me sucedía, o me empezaba a suceder. En su voz, al principio, había una mezcla de torpeza y alegría. En la mía también. Era como si nos hubiésemos convertido en extrañas y solo supiésemos comunicarnos por obligación; como si nos hubiesen extirpado la familiaridad. Mi padre vivía obsesionado con lo que nos daba a sus hijos, pero no sé si pensó alguna vez en lo que progresivamente nos quitó.

Aquel día, esa sensación –la de dos personas desconocidas– fue disipándose cuanto más rato pasamos al teléfono, y percibí que se quedó tranquila, o más que antes, al colgar. Él estaba escuchando, disimulado. Fingía recoger toallas y bañadores de la terraza donde yo me había sentado a hablar. Igual que el mar te controla, despótico, cuando crees estar flotando, había algo vigilante en su inmenso y oceánico cariño.

Entendí desde muy joven el rol –el poder– que tenía en el bienestar o la desdicha de mis padres, pero nunca como en Key Biscayne. A aquella edad, es cierto, lo que me parecía una opinión propia era, quizás, una voluntad ajena –la suya–, pero algo empecé a controlar, a dirigir: dominaba la fina línea al hablar con uno mientras vivía con el otro. No había manera de hacerlo sin que aguzasen el oído, y mi misión era dar con la frase justa, la voz neutra, el mensaje que complaciese a mi receptor pero no ofendiese a mi espía. Es posible que mi primer aprendizaje de la ficción fuese aquel. Inventarme un tono, versionar unos hechos, porque siempre tenía a un espectador –a ella o a él– que esperaba algo de mí: la constatación de mi lealtad, la confirmación de la mezquindad del otro, la obediencia a una de las dos versiones. Pero nunca a mí misma. Ni mi tono ni mis hechos. Por eso los hechos se precipitaron en Key Biscayne, cuando, pese a las apariencias, estaba de pronto lejos de ambos. Lejos de mi madre porque vivía en otro continente. Y lejos de mi padre porque nunca nadie estuvo cerca de él. Ninguna hija, ninguna mariposa, ninguna mujer.

IV

¿Qué nombre tiene? No me refiero a ella, su nombre lo recuerdo bien. Me refiero a cómo se llama ese tipo de relación: la persona no nos aprecia pero tampoco nos abandona. Mejor dicho, finge no apreciarnos pero nosotros, en el envés de su pupila, detectamos un fulgor. La pregunta es: ¿por qué finge? ¿Quién le enseña a fingir? ¿A qué movimiento del alma corresponde el parpadeo interior?

Todas las preguntas que me hago sobre Eleonora Cagnoni, por supuesto, me las planteo también sobre mí. No hice amigas en Key Biscayne, pero hice algunas «amigas». Eleonora se me acercó durante mis primeros días en el colegio, cosa insólita, pues lo último que se adivinaba en aquellas caras de plástico era una acogida cálida, humana, o así me lo había parecido desde el martes hasta el viernes que pasé asistiendo a clase sin entender en qué punto del temario estábamos o en qué medida el terremoto había afectado a la comunidad haitiana de la isla, esperando la hora del recreo para correr a refugiarme con Marchelle, y a que sonase el timbre porque mi padre —yo se lo había pedido— vendría a recogerme.

—¿Eres la *spagnola*?

Hizo sonar el gentilicio, en su lengua, como si masticase algo exótico. Lo era, aunque yo no lo supiese todavía. Eleonora Cagnoni no iba a permitir que yo le pasase desapercibida, y tampoco iba a permitir que Marchelle, la marginada, se quedase conmigo. Las nuevas, si éramos blancas o europeas, nos convertíamos en cromos para las demás. Me lo hicieron saber de inmediato.

—O sea, que sí, eres la *spagnola*.

Su acento italiano estaba americanizado. Era la hora de comer, todos pululábamos fuera de la cantina y yo al lado de Marchelle, que me cogía del brazo. No hablaba sobre lo sucedido en Haití, pero su madre, la encargada de pasillo, no estaba hoy en el colegio. Abandoné a Marchelle y me giré hacia la voz italoamericana. Vi a una niña alargada, de cristal más que de piel, que repetía aquello ante sus amigas: «*The spagnola. She's the spaniard*». Tardé en hablarle. Me pregunté si nos habríamos conocido en España, si en lugar de conocernos nos estábamos reconociendo.

—*Ciao* —le dije.

Intenté mirarla a la cara y obviar sus senos redondos. No sé por qué estamos hechos así, pero así estamos hechos: también Eleonora, más que mirarme a mí, miraba el cocodrilo Lacoste de mi chaqueta, que llevaba por encima del uniforme. La chaqueta estaba roída y con agujeros de cigarrillo, como todas las prendas que yo tomaba prestadas de mi padre, pero Eleonora –su visión de rayos X– solo veía el cocodrilo y mis rasgos caucásicos, tan parecidos a los suyos.

–Te presento a mis «amigas» –dijo, y las hizo desfilar una tras otra–. Estas son Gaby, Lime, Valery y Mckenna. Yo me llamo Elle.

Sus amigas eran menos espagueti que ella, pero compartían el mismo grado de artificialidad. Tras el desfile, el único nombre que yo retuve fue el de Mckenna porque me recordaba a McDonald's, y porque a las tales Gaby, Lime y Valery las profesoras nunca las llamaban así, sino por sus nombres reales: Gabriela, Luma y Valeria. Eran de México, de Brasil y de Colombia, pero Eleonora había blanqueado sus nombres. Más que niñas parecían ejemplares, todo en ellas funcionaba a pilas, todo era imitación de otra cosa.

Si evoco nuestros cuerpos preadolescentes, se me presenta una variedad lamentable. A aquella edad había muñecas y mujeres, infantes y gigantes; pero la jerarquía, allí, era evidente. En cuanto Eleonora se había dirigido a mí, Marchelle me había agarrado más fuerte, y no como una mejor amiga, sino como un animal en peligro de extinción. Su reacción, la de Marchelle, fue instintiva: habló por encima de Eleonora mientras ella me presentaba a sus secuaces y dijo, delante de todas ellas, que aquel viernes yo iría a su casa para conocer a su hermana pequeña, que acababa de regresar de Haití. Dijo que «habían conseguido sacarla».

La referencia al terremoto hizo que todas se quedaran mudas. Yo también. Pero ella misma, Marchelle, lo anunció de un modo raro, agudo, como quien no habla de la propia vida.

—No, vendrá a *mi* casa este viernes. —Eleonora hizo sonar su voz—. Así podré darle una bienvenida como merece.

Hay seres cuya superioridad es tan obvia, tan irrevocable, que sienten su pisotón como un paso más, como un paso lógico. Fue Eleonora quien terminó acercándose más a mí, y su confianza en ello era tan firme que no necesitó enfrentarse a Marchelle siquiera, solo decirlo, afirmarlo, y sus deseos se convirtieron en realidad. Hoy, cuando recuerdo a Eleonora, sé que las sirenas ni siquiera extienden sus manos hacia ti. Su voz es suficiente. La promesa de su maldad es tan embriagadora que uno se entrega sin haber sido culpable. Pero ahora lo es.

Pronto, por supuesto, emergieron de aquel grupo cuchicheos, frases en cascada y otras palabras ininteligibles para mí, como la misteriosa «Omegle». Parecía un tema de inmenso y secreto interés.

—¿Omegle es una persona? —dije.

Rieron.

—¿Lo conozco?

Rieron.

—Lo conocerás este viernes, a Omegle, sí. Cuando vengas a casa.

La italiana me extirpó del grupo y me llevó del brazo por el patio, donde algunos niños jugaban al béisbol. No retengo ningún nombre o semblante de chico, ningún torso masculino, pero algo me impedía incluso escuchar a Eleonora. Ella se dio cuenta.

—¿Quieres que paremos aquí?

Nos sentamos en un banquillo.

—¿Quieres tocarlas, verdad? —dijo.

Me cogió una mano y la llevó hacia su cuerpo, mientras ojeaba impasible a los chicos del partido, como si fuesen todos suyos, cada uno de ellos.

—Es de mala educación mirar tanto. Si quieres preguntarme algo, hazlo.

—¿Son de verdad? —dije.

—Fueron un regalo de mi padre. Por mis dieciocho años.

—¿Tienes dieciocho?

—No. Pero mi padre se acostumbró a decir eso, cuando llegamos aquí. Es una broma entre nosotros. Tengo trece, pero mi padre siempre dice que soy mayor de edad.

Tratando de ignorar la silicona —o el sujetador con capacidad de evocar pechos de silicona—, fingí seguir a la perfección todo lo que Eleonora me explicaba sobre los planes de aquel viernes en su casa, que describía como «la mansión más grande de Key Biscayne». De vuelta en la cantina, yo fingía escucharla. Habló sobre los negocios de su padre en Italia, algún relato sobre alguien que se había metido con él, y un final feliz con su «nueva vida» en Miami. Dijo que el sábado «conocería» a su barco y a sus coches. Me habló de sus nannies y no me habló de ninguna madre. Se refería del mismo modo a cosas y a personas: todo eran objetos, pertenencias, y yo simulé creérmelo y no percibir la fachada que ella, como todo mafioso, me ofrecía y —seguramente— se creía también.

V

Con el tiempo entendí que no era extraño enumerar cosas tan dispares, formaban parte de un universo con lógica propia, la de quienes vivíamos —o estábamos obligados a vivir— en la isla. Siguieron días de piscinas, de televisión, de comida basura, de fauna y flora tropicales, de polvo acumulado en los muebles de nuestro apartamento, días de sol y embriaguez, de somníferos y amigos de mi hermano, que venían a casa y se encerraban en su cuarto con un ordenador. Al contrario que la mía, su vida en el instituto de Coral Gables parecía marchar con normalidad. Yo estaba encallada en la niñez y metida en el bolsillo de mi padre.

No tardamos en volver a saber de los Roig, la pareja con la que nos habíamos topado en la playa nada más llegar. Habían convocado una fiesta para la comunidad de españoles que vivían en Miami. Aunque nuestro padre, al principio y en privado, se burlase de aquellos individuos, terminó participando de todo lo exclusivo o delicioso que le pudieron ofrecer durante aquellos meses.

De camino a la casa Roig, les relaté a él y a Nico lo sucedido en el colegio aquel viernes.

—Hoy nadie llevaba el uniforme.

Mi padre descapotó el coche. Rocinante se había escacharrado, no nos había dicho cómo. Ahora teníamos un descapotable de segunda mano, prestado por no sé quién del consulado.

—Hoy todas las niñas llevaban jeans y camiseta de tirantes. Algunas se ponen papel dentro de las camisetas.

Mi padre me escuchaba, pero se mantenía atento a las rotondas rebosantes de verde. Más allá del autobús escolar y algún otro coche —en nada parecido a nuestra nueva chatarra—, el transporte habitual de los residentes era el carrito de golf. El coche se usaba para ir a la ciudad, pero no para desplazamientos por la isla.

—Más que un barrio esto parece un *country club* —dijo mi padre—. Qué profundamente americano: un vecindario cien por cien sintético.

Se quedó oteando la escena, como Nico y como yo, con su sonrisa familiar y sus adjetivos tan llenos de connotaciones.

—A mí nada me parece muy *americano* —dijo Nico—. Mis profesoras del instituto hablan todas español.

—Fijaos: esos de ahí son los cubanos venidos a más.

«Venidos a más» era otra de sus expresiones que yo no lograba entender. Él, observador sociológico aun cuando ejercía de padre, a veces señalaba a gente por la calle y decía: «cubano venido a más», «mexicano nuevo rico», «americano acomplejado», «europeo desubicado, en busca de turismo sexual; se equivoca, debería haberse ido a Cancún».

—Papá, escúchame: hoy todas llevaban jeans. Llego con mi uniforme y resulta que todas las niñas iban con vaqueros apretados. La profesora me ha explicado que era Dollar Friday: los viernes, si pagas un dólar, te permiten llevar la ropa que quieras.

—¿No querrás pagar el dólar?

Marchelle era la única que no llevaba jeans en Dollar Friday, y yo, pese a entregarme a sus brazos escuálidos, no dejaba de fijarme en las demás. No era inmune a las voces de chicle, a los ojos bobos. Tenía el vergonzoso anhelo de adentrarme en el mundo de las chicas estáticas; eran la mayoría, y Eleonora & Co eran presidentas de esa mayoría.

—¿Qué cuenta tu amiga haitiana?

—Ha habido un contagio de gripe aviar en el colegio, y les ha dado por decir que Marchelle la ha traído de Haití, o que la ha traído su hermana. Ahora la llaman «Chicken Marchelle» y cuando la ven hacen sonidos de gallina.

—¿Ves? —dijo, volteándose hacia Nico—. La crueldad de las mujeres empieza a muy temprana edad.

Nico no lo escuchó. Él giró de un modo abrupto. Aparcó bajo una carpa blanca que parecía amparar algún torneo de tenis o una competición de vela, pero era la entrada a la residencia Roig.

—Es aquí. Abajo, Dulcinea. ¿Tu hermano está mudo o qué?

94

Los Roig, me parecía recordar, tenían una empresa de telecomunicaciones. Los Domènech, una de publicidad. Y los Vives, una constructora. Estas familias de catalanes alternaban con otras familias de empresarios de América Latina: mi padre se informó sobre todo aquello a través del cónsul, a quien vio de inmediato en el jardín, nada más llegar. Se saludaron con cariño como hermanos gemelos reunidos al fin.

—Todos los latinoamericanos son *blancos* —observó mi padre en voz baja—. No hay ni uno de color.

—¿Y te extraña, *my dear*? Fíjate, les encanta distinguirse de los latinos de clase baja, que vienen aquí para trabajar. Ellos vienen para hacer negocios o de vacaciones. ¿Recuerdas esa entrevista con Borges, en que él decía no tener ni una gota de sangre guaraní, y pertenecer a la estirpe de los grandes hombres europeos? Ese mismo fenómeno, menos sofisticado porque Borges era Borges, pero más divertido, se ve en los turistas latinos y en estos señores *tan distinguidos*.

Señaló con barbilla irónica a los grupos que se formaban, y ambos rieron sin ruido y sin ironía.

—Deberías ver cómo tratan a los otros latinos que les sirven las copas.

Al decir todo aquello, empequeñeció la boca el hombre más blanco que yo había visto en mi vida. Tenía el rostro de cera, sus facciones apenas se movían al hablar, no sé si por la edad, las operaciones quirúrgicas o una trágica mezcla de ambos elementos. ¿Quién era el cónsul exactamente, y qué lo unía a mi padre? Durante aquellos meses tuve que conformarme con imaginar el alma de quienes me mostraban pura exterioridad.

–Por eso los Roig –continuó– viven a *este* lado de la isla. Vuestro lado es un carnaval. Aquí están los chalets y las mansiones de los extranjeros que se han asentado y, a vuestro lado, los condominios, para quienes solo estáis temporalmente. Donde se acaban los condominios es donde se amontona la clase trabajadora. ¿Quién te crees que hace funcionar los resorts, estas propias mansiones y la reserva natural? Aunque en Miami la segregación es peor, créeme. *My dear*, me alegro de que me hicieras caso y vinieras directo a Key Biscayne. Estáis bien, ¿verdad?

Ambos, mi padre y el cónsul, nos miraron con devoción mientras sujetaban piñas coladas que vibraban en sus manos. Hacía un día espléndido y no creo que vuelva a estar en una casa más beige.

Habíamos llegado a la fiesta, como a todos sitios, tarde, pero nos encontrábamos entre hispanos, la informalidad era la norma, y hacía demasiado calor para correr. Todo sucedía a cámara lenta: mientras mi padre y el cónsul sorbían de sus pajitas, cuchicheando, yo veía llegar a más adultos que aparcaban sus carritos de golf en la entrada. Algunos se conocían y otros se presentaban. Compartían rostros tranquilos y expectantes, como si estuviesen acostumbrados a aquellos encuentros, pero aquel día –un día especial– fuesen a encontrar un elemento inesperado. Los Roig, tal como habían prometido, organizaron un cóctel matutino para darnos la bienvenida, aunque ya llevábamos más de un mes en la isla, y la bienvenida nos la habían dado los caimanes, las gaviotas y las lagartijas.

A lo largo de la mañana, Nico y yo nos mantuvimos quietos, inocuos, pero pronto nos llamaron más la atención los atributos de la casa que las conversaciones adultas. A mí me gustaba quedarme cerca de los hombres, pero la mejor vía para comprenderlos no eran sus coloquios, sino sus casas: sus objetos y sus hijos. Descubrí que tras el chalet había un canal donde resonaban voces infantiles. Florida entera estaba llena de pantanos, el terreno era firme solo a veces, y en Key Biscayne discurrían canales con manglares. Agarré a Nico en la terraza, nos dirigimos al canal y dimos con un embarcadero. Era el embarcadero privado de la residencia Roig, donde yacía un barco que un trabajador limpiaba a manguerazos. El hombre no salía de los metros cuadrados designados para cumplir con aquella labor. Un hombre reducido a su cometido.

Sentados al borde, un grupo de niños. Llevaban gorras, aletas, y sus camisetas mojadas relucían al sol.

—¡Niños! ¿Ya os habéis presentado? Son los hijos de Ricardo. Id a dar una vuelta con ellos por el canal, ¡venga!, coged los kayaks.

La madre Roig nos había seguido. Ellos —dijeron— acababan de volver. Se notaba en la respiración de sus pechos, en los brazos con músculos tensados. Como ya me había pasado en el colegio, a mí me sorprendió ver a niños y niñas apenas mayores que yo con cuerpos de atletas y no de niños. Tenían pectorales en lugar de planicies. Tenían músculos en lugar de huesos bajo la piel. Noté la mano de la madre Roig en mi hombro caliente y quise permanecer bajo esa mano quieta, fresca. Pero la madre Roig volvió adentro con su mano.

—Si al final no salís en kayak —me dijo—, si mis hijos son tan maleducados de no llevaros, que sepáis que dentro hay comida y aire acondicionado, incluso podéis poner la televisión en el cuarto de cine. Aunque ya sé que no veis televisión. ¡Tengo algunos libros! Puedo enseñaros la pequeña biblioteca. No será como la de vuestro padre, claro, pero...

Nico saltó de emoción al oír la palabra «biblioteca». Pero la mujer de la mano se equivocaba, veíamos mucha televisión; por alguna razón, seguramente por la engañosa apariencia académica de nuestro padre, nadie imaginaba que nos pasábamos el día viendo la tele, comiendo plástico y yendo a la playa. Nico se quedó con los niños Roig y luego se fue a investigar la biblioteca, pero a mí la perspectiva de volver adentro, al ambiente lento y oscuro de los adultos, me atrajo más que la diversión.

—Voy a comprobar que mi padre no se esté emborrachando —le dije a la madre Roig.

Aquello la satisfizo, incluido mi toque de humor, pero tras despedirme detecté su mirada disimulada, como si viese en mí algo que yo todavía no. Me observó mientras comía y, durante toda la tarde, se acercó varias veces para indicarme dónde había más bandejas. Me atiborré de tostas de gambas y salsa de sésamo y le llevé una a mi padre, como si fuésemos pareja. Se le iluminaron los ojos cuando me vio, y la engulló como si me engullera a mí. Me colocó la mano por detrás de la melena, a la altura de la nuca, y yo escuché la conversación, que no era para mí.

—Profesor, ¿cómo les va a sus chicos en el colegio?

—De Nico no sé mucho, sé que tiene un buen grupo de amigos: uno brasileño, un tal Antônio, y otro estadounidense... Cada vez me hace menos caso, lo cual tomo como una buena señal. Y la niña... la niña está teniendo algún problema para adaptarse. Pero no me extraña, porque las compañeras de las que me habla...

Lo que alegó no era mentira, pero tampoco verdad. Era cierto que yo tenía dificultades para integrarme en el colegio, pero no que las niñas, o el colegio, fuesen exactamente el problema. No se le ocurría que el origen de mis dificultades tuviese algo que ver con nosotros mismos, y lo proyectó hacia fuera. La explicación era verosímil. Seguramente yo misma la creí.

—Es que tenéis que verlas —continuó—. Hay un gran choque cultural. Y son niñas mucho más desarrolladas que ella, por decirlo *pudorosamente*. Me intriga quiénes son sus padres, ¿a qué se dedican? A la salida del colegio hay una madre que me suena una barbaridad, creo que es una actriz mexicana de...

Hubo una risa seguida de un silencio cómplice, como si cada uno de ellos esperara ser el elegido para iluminar a mi padre, que solía ser el iluminador. Su mayor virtud era hacerse el inocente para halagar la vanidad de sus receptores: el elegido tenía, entonces, el honor de enseñarle algo al profesor; algo, en aquel ambiente, sobre el mundo mediático o corporativo de Estados Unidos y América Latina. Yo seguía actuando como el mudo accesorio de aquel grupo.

–Profesor, ¿no se ha dado cuenta? –le dijo uno, que me pareció el Roig obeso, el anfitrión–. Pues mire, venga aquí.

Se llevó a mi padre hacia la entrada, y luego lo devolvió al círculo de hombres.

–Los tipejos que viven aquí, y que son los padres de las amigas de su hija, son *curiosos*, por así decirlo. Ese sistema de seguridad que le acabo de enseñar no está instalado por nada, ¿no vio lo del hotel? ¿Ni la persecución en Crandon Park? Dios, al menos habrá visto lo del tiroteo en el CVS. Profesor, lamento decirle que criminales de guante blanco hacen vida normal en nuestra isla. El año pasado empezaron las redadas. De ahí el arma que le dio el cónsul. Debe guardarla en la caja fuerte de su apartamento.

Casi me dio la risa, sabiendo que nuestra caja fuerte era el cajón de las galletas, pero entonces recordé que, efectivamente, la pistola ya no se encontraba allí.

–Se trata de una cuestión preventiva –dijo otro hombre–, pero la autoprotección es crucial.

–Bueno, no exageréis, y no asustéis a *my dear* Ricardo –intervino el cónsul, dándole un falso beso a mi padre–, pero sí, es gracioso de ver: Ricardo no se entera de nada, está totalmente aniñado. Esta familia vive en un adorable aislamiento.

Mi padre se reía, participaba de toda burla hacia sí mismo y hacia los demás. Yo pensé, al escucharlo, que el cónsul tenía razón aunque creyese estar bromeando. Debía de imaginarse que estábamos recluidos, como los artistas, en un delirio inofensivo, que vivíamos dentro del *Quijote*, pero la naturaleza de una reclusión nunca es la que parece, y tarda años en aflorar. Cuando eres libre aún pasan años hasta que dices: yo estaba preso.

–Sí. Es obvio que el profesor vive en su propio mundo –dijo un venezolano untado en gomina–. Me intrigaría ver su casa, debe ser como la de un científico loco. En la universidad dicen que el profesor Ricardo no tiene televisor, ¿le llegará el *Miami Herald*, al menos?

–La cuestión *es* –interrumpió otro hombre, un publicista, que competía por la atención de mi padre– que esas compañeras de su hija... sí, sus madres suelen ser actrices latinas retiradas, ¡retiradas a los treinta, como los futbolistas!

Risas generalizadas, a rebosar de gambas y sudor.

–Y los padres, en fin... ahora el tráfico va por otras vías, pero créame: la droga, como las armas, siempre encuentra nuevos modos de circular.

–Key Biscayne, me temo, ya no es lo que era.

Algunos se encogieron de hombros. El cónsul estaba investigando su platillo de tartar. Mi padre permanecía atento, sin necesidad de intervenir.

–Vaya, no digo que *todos* los padres de las chiquillas sean narcotraficantes. Además, no soy yo el más familiarizado con el asunto, ¿eh? –Miró cómplice a otro hombre del círculo–. Solo digo que sí, aquí compartimos isla con mafiosos encubiertos como hombres de negocios. Hay una especie de pacto, profesor. *Don't ask, don't tell.* Mejor no enterarse de la vida de su vecino, porque aquí no lo investigan a uno por *haber hecho* algo, sino simplemente por *estar* mientras se hacía. Uno se descuida, y de pronto es testigo.

–Ricardo, están exagerando, *my dear.*

–Con todos los respetos: ¡usted ya no vive en la isla! No tiene información de primera mano.

–Si me dejasen tener la oficina consular en la isla, les aseguro que me mudaría en este mismo instante.

–En fin –zanjó la conversación un quinto hombre–, ¿qué hijos espera que críen esos padres, profesor? *Esas* son las niñas que comparten clase con su hija. Son familias en la estirpe de Bebe Rebozo, ya sabe, el banquero amigo de Nixon. Su casa está aquí, a unos metros. En los ochenta la llamaban la Winter White House.

–Sí, es delicado, varios de nuestros clientes son del grupo Zeta.

Mi padre preguntó qué era el grupo Zeta. Risa unánime. El círculo se divertía desde una nube que todo lo sobrevolaba. El champán, las piñas coladas y los mojitos se rellenaban cuando aún quedaban tres cuartos de bebida. Los camareros me colocaban en la mano aguas de coco y zumos de papaya que yo no había pedido.

–Bueno, los llamamos así, pero es algo privado. Es nuestro modo de identificar a quienes no son, digamos, de fiar. Hacemos negocios con ellos, pero tenemos a los comités legales preparados por si surge

102

algo. Tras una década en Florida, uno desarrolla esa especie de seguridad preventiva, profesor. No hace falta que alguien *cometa* un crimen para que *sea susceptible* de cometerlo, ¿no? De hecho, así es como previenen tiroteos en algunas escuelas desde el...

—Pues sí que están ustedes bien americanizados —sentenció mi padre, que abrió la boca cuando terminó de masticar—. Es muy americano llamar «seguridad preventiva» al racismo al que uno, simplemente, se ha acostumbrado hasta ejercerlo.

Y entonces sorbió de su pajita, como quien toca el clarinete tras su única y estelar intervención. Pero su embate era inofensivo. Allí las observaciones críticas eran un modo más de seducción.

—Ricardo, estos señores están *out of their depth*. Llevan demasiados años en este absurdo país. Cuéntanos, ¿cuándo vienes al Yatch Club?

—Me encantaría acompañaros al club, pero todavía no me he dignado a ir. Soy un cobardica, tengo miedo de encontrarme allí al decano de la universidad. Doy clases dos veces a la semana, y últimamente me salto una con alguna excusa. Me paso el día de exploración natural con los niños por la isla, ¡como piratas!

De nuevo risa generalizada: la velada, la conversación, los platillos avanzaban sin decaer. Mi padre terminó hablando de un libro sobre la colonización de las Américas. Aquellas referencias él las lanzaba al aire como el economista lanzaba datos, el diplomático, anécdotas, y el productor, chismes de estrellas de cine. Tras aquel intercambio, llegó el momento en que el cónsul pidió silencio a los asistentes. Tintineó en una copa.

—Un brindis, señores y señoras. Por nuestro Quijote, y por sus lindos Sancho y Dulcinea. Estamos muy felices de teneros aquí y estamos a vuestra disposición, Ricardo, para lo que necesitéis. Señores, ¿han visto el Cadillac moribundo aparcado ahí afuera? ¡Adivinen a quién pertenece ahora!

No recuerdo mucho más, solo, en una nebulosa, oír hablar del Open de Tenis que albergaba la isla y adonde, en cuestión de semanas, vendría Rafa Nadal; escuchar que a dos casas vivía Juanes y, al lado, los representantes de los Rolling Stones; un poco más allá, dijeron, se podía ver la antigua casa de Richard Nixon, donde se había reunido con Kennedy y que luego había pasado a manos del cantante Raphael; y enterarme de modo fragmentario de las vidas de varios traficantes notables. Pasaron revista a todos los pasados, presentes y posibles gánsteres de Miami, y entonces sucedió.

—¡Pues yo también soy un gánster!

Mi padre apuntó hacia arriba con la pistola que sacó de su chaqueta. Era una Colt. La Colt. Nico y yo nos miramos. Hubo un grito de una mujer. Una risa, después. Asombro. Carcajadas. Susurros de algunos hombres, mutismo y shock de otros. Entonces guardó la pistola. Debió de parecerle gracioso, un golpe de efecto, y, pese al primer susto, al resto también: la risa se contagió, algunos aplausos siguieron, la excitación y la sorpresa y la admiración. El cónsul le dijo, totalmente serio, que debía dejarla en casa. Que no era un juguete.

Pero pronto incluso él se unió a la celebración y al éxtasis general. Recuerdo entregarme al buen humor, avistar a Nico –que estaba inmóvil– y continuar en casa de los Roig hasta la noche, acoplarme al baile sutil de nuestro padre, danzar, colgarme de sus brazos sin miedo a caer, aunque debería haber tenido miedo. Su cuerpo era delgado y fuerte, una gallina de hierro, firme y enjuta, y aunque se tropezó por las copas y durante unos momentos fue el hombre senil que era, en cuestión de segundos volvió a ser bailarina de claqué, y yo me agarré a su tronco. Este baile es uno que repito en mi memoria sin parar, como un disco rayado, cuando no quiero que nuestra historia se precipite hacia su final, ni hacia su verdad, que es lo contrario del baile. Noté, fingiendo no notarlo, cómo mi padre seguía tanteando la pistola en su bolsillo.

Tercera parte
Flash

I

Durante días tras la fiesta, recordé las escenas peligrosas que narraron todos aquellos hombres como si yo las hubiese vivido, pero también permanece en mí la explicación de un periodista anónimo en la televisión. Eran las tres de la tarde: mi padre y mi hermano estaban en la piscina, yo sola en el apartamento, rodeada de ventiladores y con el telediario puesto de fondo, sin bragas. «Los tiradores aparecen progresivamente a la salida de clase, como si fuesen un padre más. De este modo, terminan resultando un rostro conocido para los alumnos, los encargados de patio y los profesores. Y entonces bam. Lo familiar es más peligroso que lo desconocido, eso quiero decir, Jake. Porque no levanta sospechas». Recuerdo preguntarme si habría alguno de esos locos con arma rondando por nuestra escuela, pero lo que me pregunto hoy es bien distinto: si aquello era cierto –si se deja entrar a lo familiar, si no se ponen barreras ante lo conocido–, ¿por qué todo el empeño de aquel país, a juzgar por las noticias, estaba dirigido hacia los que no eran norteamericanos? Si el malhechor tiende a camuflarse, ¿por qué temer al león y no al cocodrilo?

Las semanas se aceleraron a partir de entonces. Mi hermano y yo habíamos empezado a hablar con nuestra madre en los días previos al *pistol incident* en casa de los Roig —así lo llamaron—, pero aquel suceso nos hizo retroceder, en lugar de precipitarnos a la comunicación total; ambos decidimos no preocuparla. El peligro solo reconcilia en las películas. El peligro, si no se percibe como tal, solo engendra más peligro.

Pero el incidente tuvo otras consecuencias imprevistas. De pronto teníamos un nuevo estatus, de pronto formábamos parte de aquella sociedad isleña. Algunas personas empezaron a saludarnos en la arena, en el restaurante cubano o desde los carritos de golf. Era evidente: había corrido la voz, y mi padre se había convertido en lo que realmente era, un personaje más que una persona.

Al enterarse del *pistol incident*, además, Elenora Cagnoni me invitó finalmente a su casa. Había prometido hacerlo semanas atrás, pero luego había decidido «desinvitarme». ¿Por qué? Porque yo seguía cerca de Marchelle en el colegio. A aquella edad, al menos en aquel país dentro de un país, se fraguaban enemistades tan profundas como la amistad. Me pregunté qué enfrentaba a Elenora y a Marchelle. Nada superficial había en aquella cruzada secreta. Nada infantil. Elenora no tenía necesidad de marginarla para sobreponerse a ella, y Marchelle no tenía por qué reírse de la italiana para exponer su idiotez. Ha-

110

bía algo incomprensible en la agresividad de ambas. Me pareció, incluso entonces, el tipo de distancia que solo proviene de una intimidad previa.

Pensé en Eleonora y me di cuenta de que no la veía por el patio, o en las salidas, desde hacía varios días. Supuse que estaría pasando la gripe aviar que todos padecimos en un momento u otro de aquel 2010. Pero aquel día llegó a nuestro apartamento una invitación con ribetes amarillos, el color predilecto de Eleonora: el color de su pelo, de su iris, de su piel recubierta de purpurina. En nuestra casa, todas las cartas terminaban en un cajón donde mi padre había escrito MULTAS, que luego desviaba al área consular.

—¿Quién te manda cartitas de amor? —Llegaba de la piscina con varios sobres empapados dentro del bañador—. Esta es para ti. ¿Ya tienes un admirador secreto? Si me entero, acabo con él.

Él seguía haciendo bromas relacionadas con la pistola: alzó el brazo como un cowboy que dispara al aire. No le reí la gracia, pero lo habría hecho en otras circunstancias; en aquel momento, todo lo que podía pensar era en cómo había conseguido Eleonora mi dirección. Su proceder era el de las «amigas»: saben dónde vives sin habértelo preguntado, prevén tu comportamiento porque lo controlan, no necesitan consultarte porque saben que dirás sí con los ojos aunque tu boca diga no.

Le mostré la invitación a mi hermano, que llegaba empapado también, con la piel arrugada. El viejo parecía él. Nico opinó que algo habría cambiado a ojos de Eleonora, que ahora «tendría la sospecha» de que nuestro padre estaba «tan loco como el suyo». Nico tenía razón: protagonizar la anécdota de la pistola, en lugar de convertirnos en la familia anómala, terminó de integrarnos entre las familias de Key Biscayne. De modo que acepté, por supuesto que acepté.

Era domingo, o eso creo, porque no había clase. Abandoné progresivamente el lado de los condominios, atravesé las calles con chalets y llegué al ala de las mansiones. Todas aquellas casas tenían vistas a Miami y sus rascacielos, pero también un acceso privado a los canales azules, verdes, violetas al fondo. Me paré frente a Villa Cagnoni. Atravesé la cancela y me quedé frente a las columnas a lado y lado, ante el templo de plástico. Ante el sepulcro de purpurina.

El timbre estaba demasiado alto, acaso colocado para ponerse de puntillas, para entrar rogando. Me abrió una mujer con uniforme de servicio: ¿era yo la amiga de miss Elle? Asentí. Sonrió como si algo en mí le hiciese gracia. A mí me hacía gracia ella: la mujer tenía porte de modelo, postura de bailarina; intuí que Eleonora la habría escogido para abrir la puerta, que aquel era su único cometido en todo el día. Pero Eleonora, cuando apareció, más que una hija parecía una madre. Una joven ama de casa circunscrita a su residencia.

Se personó en medio del salón, pero ¿salida de dónde? Bajada de una nube o emergida de un infierno. Un segundo antes no estaba allí. Su expresión no era seria, deliberadamente hostil, como en el colegio. Ese día tenía gestos relajados, domésticos, parecía una persona de verdad, aunque a mí me siguiese pa-

112

reciendo de mentira. Aunque conservaba aquellos pechos de goma, y esa característica parecía contener toda su identidad, algo había cambiado en el ángel caído.

—Qué puntual. Yo acabo de salir de la ducha.

Se acomodaba el pelo como una estilista.

—Estamos solas en casa —dijo.

Solas, todo lo solas que podíamos estar en el casoplón habitado por un extenso servicio de huéspedes, de cocina, de mantenimiento y jardinería, de personal náutico. No llegué a hablar con ninguna de aquellas figuras en la sombra, pero, como sucede con todo lo que trata de ocultarse, las percibí, las noté más que si estuvieran a la vista. Con el tiempo, y tras múltiples visitas a la Villa, entendí que sus vidas consistían en hacerse invisibles para que todo lo visible reluciese, en esconder sus cuerpos en pro de las cortinas, sus ojos en pro de las moquetas, sus manos en favor de los tentempiés cuando a Eleonora le daba por *recibir*. Más allá de esta población fantasmal, sin embargo, solo Eleonora habitaba su palacete.

—Y disculpa esta cara, *scusami*. Mañana se ve distinto. Mañana se ve bien.

Se refería a un procedimiento estético, de pronto lo recordé: días atrás había expresado deseos de someterme al bronceado. Yo había inventado una afección dérmica.

—Cuando mi padre se va, me meto bajo la máquina.

Aunque me hizo sonreír, aquella explicación también me hizo dudar. Algo escenificado había en la supuesta confidencia: incluso lo que parecía sentido («Cuando mi padre se va») sonaba más a un discurso preparado que a una confesión. Pronunciaba cada palabra con lentitud, como si la estuviesen grabando.

–¿Y tu madre? –me dio por preguntar, siguiendo intuitivamente su teatro.

–Mi madre está en Italia. Nosotros vivimos aquí.

Nosotros. Supe que se refería a ella y a su padre. Alzó las cejas depiladas, preguntándose, supongo, qué estaría pensando yo: algo debió notárseme en el rostro. Lejos de la isla, con los años, creo que si Eleonora no me sirvió de espejo, al menos me sirvió de contraste, y si yo me sentía visceral, radicalmente opuesta a Eleonora, es porque algo me unía a ella.

–Mi madre vive entre Nápoles y Milán, con Jön –dijo–. Un exjugador del Palermo. Mi padre compró el equipo y cuando acabó en bancarrota ella se fue con Jön. Nosotros vinimos a Miami. Mi padre le puso mi nombre a su nueva compañía.

Hizo un gesto de anfitriona con sus bracitos. El espacio era enorme, y el gesto la empequeñeció. Me quedé mirando a la criatura mínima que se creía grande, pero la seguí observando y de pronto solo me veía a mí. «Nosotros vivimos aquí. Yo vivo con mi padre. Mi madre no está.» Esas eran mis palabras aprendidas y mis sentimientos aturdidos, pero era Eleonora, desde otra galaxia, quien los verbalizaba por mí.

–¿Y tu hermano? –dijo.

–¿Te gusta mi hermano?

–No. Tengo novio.

Dijo aquello como si no se pasara el horario escolar pegando lengüetazos a los chicos; y como si durante cada recreo no vinieran a visitarla otros, mayores, con los que se magreaba enfrente de todas. Más allá del colegio, Eleonora tenía otros mundos. Conocidos, decía, en la ciudad, con quienes pasaba los fines de semana en barco, en fiestas de las que después solo oíamos hablar.

–Solo pregunto si tu hermano está bien: oigo lo que dicen por ahí. Dicen que la bala de tu padre le destrozó un dedo del pie. En la fiesta de Mr. y Mrs. Roig.

No supe qué responder a aquella ficción, así que me reí tratando de asimilarme a su risa, que era controlada, consciente de sí. Le repetí –ya me habían hecho relatarlo en el colegio– que la pistola no estaba cargada, que por error o estupidez mi padre la llevaba encima, pero que la historia del pie era un rumor falso.

–Me da igual si es falso, es muy divertido. Ven, quiero mostrarte otra cosa divertida. Te dije que te enseñaría a Omegle, ¿verdad?

Su imitación del lenguaje adulto me intrigaba, era más refinada que la mía. Asentí, y entonces me hizo pasar a sus aposentos, pero no puedo decir que a partir de aquel día se estableciese una alianza entre Eleonora y yo, porque fue más bien un cordón secreto, umbilical. En aquella geografía estaba prohibido mostrar abiertamente, sin reservas, lo que una sabe –lo que una ha visto– aun si olvida que lo sabe –y que lo ha visto– en pro de lo que cree, o de lo que el resto –los adultos– quieren creer. Durante los meses siguientes, Eleonora no tuvo gestos de favoritismo hacia mí, pero aquello no hizo sino confirmar nuestra unión: la discreción en público, el desapego fingido incluso en privado. Subimos la escalinata, ella por delante de mí.

En el piso superior sentí deseos de la cámara que mi padre solía llevar encima: hubiese fotografiado cada esquina, cada sombra de aquel cuarto. Las palabras en estos casos son resbaladizas, especialmente en un suelo de mármol como aquel; para no resbalar, lo adecuado sería grabar los colores, el gris y el rosa, la luz y el amarillo. No era una habitación, sino una simulación de habitación. Un catálogo de muebles más que una estancia habitada. Y sin embargo estaba habitada: Eleonora tenía su portátil abierto en el suelo, junto a unas revistas y unas fotografías enredadas en un edredón.

Ella misma me condujo hacia la puerta corredera, que parecía indicar otra estancia. De reojo, por la cristalera, vi el jardín, la piscina alargada, el embarcadero —el yate Cagnoni era dos veces el de los Roig—, y se movían de un lado a otro aquellos peones invisibles: hombres menudos, con gorras y mangueras, ocupándose cada uno de su tarea. Eleonora, la italiana, se estaba ocupando de la suya: de mí.

—Las demás fingen que les gusta Omegle, pero en realidad se asustan, y si no estamos con Omegle yo me aburro.

Se me ocurrió que hablaba de una mascota, quizás una serpiente u otro reptil, que tendría su cuarto aparte. Nada de eso me hubiese extrañado, pero fue lo humano de su vida lo que me estremeció, no lo salvaje. Cerró la puerta corredera y llegamos a una especie de vestidor reconvertido en cuarto oscuro, una cueva llena de cajas, bolsas, zapatos.

–Aquí nadie entra a limpiar. *Scusami.*

El desorden no me molestaba –nuestro apartamento era la jungla– pero tanto trapo enmarañado me impidió ver de inmediato la pantalla que luego vi: lo que escondía aquel embrollo de ropa y botas era un gran ordenador.

–Bueno, aquí ya puedes dejar de hacerte la extranjera. ¿Sabes lo que es Omegle, no?

–¿Quién es?

–¿Cómo que quién? ¿Eres retrasada?

Nos sentamos frente a la macropantalla. Eleonora tocó un botón y se iluminó. El cuarto se cubrió de un velo incandescente. Recuerdo lo que siguió como si hubiese memorizado un poema sin querer, tatuado en mí, para siempre, al leerlo por primera vez.

«OMEGLE – ¡habla con extraños!
Omegle es una manera genial de hacer amigos.
Te juntamos al azar con otra persona para
que charléis a solas. Para tu seguridad,
los chats son anónimos a menos que tú
digas quién eres (¡no te lo recomendamos!),
y puedes abandonar el chat en cualquier momento.»

Aquellas letras tuvieron en mí el mismo efecto que los carteles publicitarios de las autopistas, las entradillas de los programas de televisión, las marcas de comida americana en el supermercado: una excitación química, una descarga de adrenalina inédita hasta entonces. Una promesa que dolía mientras no llegaba, pero que, cuando llegaba, dolía todavía más.

Afuera, el sol resplandecía, y nosotras estábamos en aquel cuarto ante algo mayor que el sol. Eleonora se pasó los primeros diez minutos saltando de chat en chat, mientras yo la observaba a medias, más bien pasiva. Entre la población virtual de Omegle nos topamos con algunos niños y niñas solos, sin supervisión parental, como nosotras dos, pero pronto apareció algo que interesó más a Eleonora: dos piernas desnudas y adultas, un pene protuberante oculto solo por ropa interior. Mi primer instinto fue apartar la mirada.

Infinitud virtual de penes. Pavoroso universo fálico. Tras cada chat había una entrepierna, siempre lista para insinuarse y preparada para descubrirse. Eleonora se rió de mi reacción. Luego se dedicó a chatear para mantener a uno de los hombres pene con nosotras. Le escribió que «no fuera tan rápido», como si se conocieran, pero cuando le pregunté me dijo que no, aunque daba lo mismo, dijo, porque «todos eran iguales». Cuando el hombre preguntó sobre nosotras, Eleonora se inventó nuestra edad –quince y dieciséis años– y dijo que yo era su hermana. Digo «hombre», pero lo que había en la cámara nunca tuvo rostro.

Cuando lo sacó, lo miré como si no llevara toda la mañana sabiendo que allí habría un pene y que el pene sería desenmascarado, entregado a mí en bandeja. Para distanciarlo, lo comparé mentalmente con las imágenes que tenía del pene de mi hermano. Conseguí atenuar la repulsión. Pero este no parecía parte de un cuerpo humano: un apéndice, una extremidad. El animal tenía vida propia.

—Esto, esto es lo mejor —dijo Eleonora. Me informó de que «el gordo» del ordenador estaba pidiendo vernos a nosotras—: en cuanto se ponen muy pesados con verte a ti, o muy asquerosos, cierras el chat y empiezas otro nuevo. Son todos iguales, te lo juro. Y no hay peligro, tienes tú el control, ¿ves?

Ella jugó con el pene como quien entretiene a un perro, como quien utiliza un juguete inofensivo que en ningún momento —jamás— puede convertirte a ti en el objeto listo para usar. Cerró el chat. El glande quedó inmóvil y se pixeló hasta desaparecer, como si lo hubiésemos aplastado. La sensación de poder —de control— era insólita; Eleonora tenía razón. Con un botón una controlaba su nacimiento, su vida, sus espasmos y su muerte. Y los hombres —también en esto tenía razón— eran siempre el mismo hombre. Predecibles como un padre, sumisos como una hija.

—Bueno, no *todos* son iguales. He hecho algunos amigos en Omegle. Conocí a un tipo que vive aquí en Key Biscayne. Es fotógrafo. No es un pervertido.

Lo dijo como si aquellas dos cosas fuesen incompatibles, pero debió de percibir que yo no me mostraba interesada; más que escucharla, recuerdo relajarme progresivamente, recuperar cierto sentido material de la estancia, ahora que nada nos acechaba a través de la pantalla. Me fijé en su melena, que descendía por el escote esplendoroso, y me pregunté cómo interactuaría con los penes cuando yo no estaba allí, cuando estaba ella sola.

Bajamos, de vuelta al mundo, y los espacios domésticos de Villa Cagnoni terminaron de apaciguarme. Primero –aunque yo ya estaba agotada– me dio el «tour de la casa» como premio a mi valentía, o así lo interpreté. A lo largo de los meses, Eleonora terminaría dándonos siempre el mismo tour, como si no recordásemos la cocina de tres pisos, los bajos donde su padre coleccionaba guitarras eléctricas, la piscina de agua tibia. Lo recordábamos, pero nadie declinaba volverlo a ver. Así funciona la belleza, aunque sea falsa. A la fealdad, aunque sea verdadera, uno se acostumbra hasta atenuarla; la belleza siempre parece nueva, una y otra vez.

Más tarde, cuando se cansó de comer helado en los sofás, bajamos unas escaleras. Entonces lo recordé: en el colegio, las demás niñas hablaban sobre haber entrado en el sótano sin el permiso de Eleonora, mientras ella se quedaba en el ordenador, en los pisos superiores. Ralenticé mi paso. ¿Lo percibía solo yo, o ellas también? ¿Y si ellas lo veían, por qué no decían nada? Algo en el control extremo que ejercía Eleonora sobre su entorno –niñas y hombres, personas y objetos– la convertía en lo contrario, en una criatura desprotegida. Ingenua.

–Aquí no he traído nunca a las demás –dijo.

Para complacerla, me puse a admirar los instrumentos.

–¿Toca la guitarra?

120

—¿Quién?

—Tu padre.

Negó con la cabeza y rió, pero era una carcajada distinta. ¿Qué había en la risa de Eleonora? Era un sonido lejano, dejado a su suerte durante milenios, una ruina de otra reacción, convertida, con el tiempo, en una risa. La observé acariciar, sonriente, cada una de las guitarras como si fuesen personas y no cosas. Me leyó los nombres de las marcas, que nada doble ni ambiguo tenían. Fender, Ibanez, Gretsch. Nuestros cuerpos se reflejaban en cada una de ellas, sobre todo sus pechos globo: en la roja, la amarilla, la negra, la dorada. Algo parecido hizo con la colección de coches, a la que teníamos acceso tras atravesar un garaje lleno de carritos de golf. Los deportivos relucían como un museo subterráneo, pero no retengo las marcas. La música permaneció conmigo siempre, más allá de Key Biscayne, pero los nombres no. La velocidad tampoco.

Si evoco el museo subterráneo, además de las columnas, los suelos de mármol, las alfombras de no sé qué animal, no lo hago porque a mí me causasen gran impresión, sino porque algo en la relación que Eleonora guardaba con todo ello, y con los hombres tras la pantalla, sí debió de impresionarme. A Eleonora no le importaban las guitarras en sí, ni los coches en sí, ni siquiera se bañaba en el jacuzzi ni se hacía fotografías en la moto de agua, como juraba hacer. Al contrario: para ella también eran reliquias. A cada objeto le correspondía un canto elegíaco, una historia sobre su padre: el relato de dónde *él* lo había comprado, lo que *él* le había explicado acerca de aquella marca, el error de *él* al encargar el jacuzzi equivocado, o las consideraciones de *él* acerca de cuándo ella podría sacarse el carnet y conducir alguno de aquellos coches. ¿Qué vida llevaban ellos dos, y qué vida llevábamos mi padre y yo, pese a todas las personas y objetos que nos rodeaban a diario, pese a las historias que nos contábamos sobre nosotros mismos? La vida siamesa es funesta, pero se relata envuelta en ocre. Nadie excepto una tiene autoridad para separar el bronce del oro, el pene del corazón.

II

—Vuestra madre ha dicho que viene para aquí. Supongo que lo dirá en broma.

—Gira y métete en el mall.

Dimos un frenazo en pleno Crandon Boulevard. Nos dirigíamos al supermercado por primera vez, huyendo de las montañas de take away que crecían en el apartamento.

—¿Cómo lo sabes si no habláis? —dijo mi hermano.

—¿Cómo sé el qué?

—Que mamá está viniendo.

Las afrentas de Nico empezaron siendo sutiles. Quién sabe qué proceso se estaba dando en su interior, pero algo meditaba desde hacía algunas semanas. Busqué su rostro en el retrovisor. Solo encontré su cogote. Nico pasaba cada vez más tiempo fuera, en la ciudad, y cuando volvía a casa no nos reía las gracias. Iba directo a su habitación. Yo había continuado visitando a Eleonora, que solo me citaba en Villa Cagnoni; y, de vez en cuando, a Marchelle. No hablaba de la una con la otra, pero ellas comprobaban en mí la influencia de su némesis cada vez que nos encontrábamos.

—No digo que esté viniendo —dijo—. De hecho, no lo creo. Pero es lo que me ha dicho el abogado. Debe de ser un bulo, no hace falta que os lo diga: vuestra madre es muy peliculera.

—El que conduce a golpes un Cadillac prestado eres tú —le dijo Nico.

Cuando consiguió aparcar, mi padre se lo quedó mirando. Esbozó una sonrisa no correspondida. Los tres salimos del coche sin decir nada.

La sola mención de nuestra madre instalaba una presencia incierta y, al menos para mi padre y para mí, casi una amenaza. Una fecha de caducidad a nuestro nuevo estilo de vida.

—Por mí que no venga mamá —dije, como si nuestro padre necesitase que lo defendieran. Pero Nico ya caminaba por delante de nosotros dos, subiendo las escaleras mecánicas.

—Vuestra madre es adicta al enfrentamiento, lo sabes, ¿verdad? Solo me lo explico así, con el paso de los años.

Asentí, discípula, pero corrí hacia mi hermano. Él ya se había perdido entre los colores, los letreros, la localización calculada de rótulos en el supermercado. Los anuncios de cada producto a rebosar de conservantes, aceite de ballena, colorantes. El efecto de la publicidad sobre mi psique —y el efecto de la dopamina sobre mi lengua— puedo invocarlo como si estuviese ahora en el mall de Key Biscayne. Recuerdo buscar a Nico por los pasillos y enervarme. Llevaba así toda la tarde, lejano y taciturno, gestando algo que ni mi padre ni yo podíamos imaginar.

—¿Tú no has hablado con ella, verdad? —La voz de mi padre me alcanzó—. ¿Sabes si tu hermano lo ha hecho? Me extraña eso de que venga vuestra madre. No la necesitamos para nada aquí.

Fingí no notar su nerviosismo, no lograba entenderlo aunque lo sintiese yo también, y me adentré con él en una nueva fantasía: el supermercado Winn-Dixie. Los primeros dos meses los habíamos pasado cenando fuera, siempre en el restaurante cubano. Ahora, cegados y guiados por las luces, descubríamos el majestuoso Winn-Dixie, donde las familias —o mejor dicho, las mujeres, o mejor dicho, las mujeres del servicio— iban a hacer la compra y la embutían en coches que parecían enormes robots. El pasillo de comidas preparadas era estratosférico, un corredor interminable de bandejas congeladas, platos combinados, un oasis de preservantes. Era mi padre quien más impresionado quedaba, y mi apasionada vinculación con la comida congelada viene de ahí, de ver sus ojos desorbitados, magnéticos ante aquel paraíso fast-food: sentí un éxtasis vicario al descubrir las combinaciones infinitas reflejadas en las pupilas y los labios húmedos de mi padre. Algo parecido, pienso ahora, me pasaba con los sentimientos que yo creía albergar hacia mi madre. Por verlos en él pensaba que existían en mí. Por escucharlos tanto creía que eran hechos y no su historia particular, su manera de ordenar los hechos. Al ser testigo de su indiferencia durante tanto tiempo, le hice un hueco a la indiferencia en mí. Llevábamos lo que parecía una infinidad de días y noches en Miami y todavía no habíamos tenido una conversación en condiciones normales con ella; yo seguía quieta, feliz, ausente de mí, incomunicada, enganchada a mi padre y a la comida basura. Comparada con su influencia, mi adicción a los azúcares procesados fue un mal, y un placer, menor, pero ambos —mi padre y el azúcar— ejercían sus trucos por arte de magia, expresaban sus deseos con la malicia del mudo.

—¿Podéis encargaros de los dulces? —dijo—. Yo me encargo del tabaco.

Nico seguía a la suya pero obedeció. Como una brigada, aquella mañana de descubrimiento congelado, nos dividimos el trabajo. En cuestión de minutos teníamos los carros llenos de bandejas emplasticadas, tabaco negro y galletas de colores y sabores imposibles de encontrar en el mundo natural. Nico y yo vibramos ante los bollos, los cereales radioactivos, las supuestas tortitas.

—Veo que ha seguido mi consejo, profesor. Ahora ya conoce las abominaciones culinarias de Estados Unidos. Es un paso clave en su adaptación a Florida.

Una joven, bastante mayor que yo y bastante menor que él, se cruzó con nosotros. Tras decir aquello, él fingió reconocerla y luego, a nosotros, nos dijo no conocerla de nada. Pero era difícil saber qué fingía mi padre cuando fingía —si una cosa o su contrario— porque el fingimiento terminaba convirtiéndose en su personalidad. Nada muy distinto sucedía, en realidad, en nuestro nuevo vecindario. Casi todo era de mentira y casi nunca hacía falta mentir.

En aquel momento, además, yo estaba demasiado concentrada como para especular: mi cometido era escoger entre las oreos rellenas de crema blanca, crema de menta o crema de cacahuete. Nuestro padre se topó con otras personas y continuó de palique en los pasillos fluorescentes, como un ama de casa más, mientras nosotros sacábamos el cargamento del carrito y lo colocábamos en la cinta. Fue entonces cuando le extrajimos las bandejas de sushi que él, desde aquella primera visita al supermercado, se acostumbró a meter en el carrito de la compra. Esto se convirtió en tradición, eso hicimos con cualquier ítem que nos pareciese demasiado caro o innecesario en nuestras compras semanales: devolverlo a su sitio. Las bandejas de sushi costaban doce dólares y traían solo cinco piezas. Nos parecía excesivo.

—¿Dónde está el sushi?

Cuando llegamos a casa, se dio cuenta del sushi confiscado. Dijo aquello como un niño a quien han arrebatado una recompensa. Yo sentí arrepentimiento, pero no confesé. Nico tampoco confesó, pero él no parecía arrepentido. Estaba a mi lado en el sofá, pero en otro lugar también, lejos, en equilibrio, como quien ha tomado una decisión y no siente necesidad de anunciarla.

—Bueno, pues qué remedio. Bajaré al cubano a buscar la cena. ¿Queréis lo mismo de siempre?

El objetivo de la travesía al supermercado era cocinar en casa, pero, como en todo lo que no era un disparate, fracasamos. Nico se retiró a su cuarto. Yo me quedé en el salón, ante la mata que se colaba por la terraza. Ahora la casa rebosaba de productos alimenticios, pero de pronto éramos tres, cada uno por su lado, y no un monstruo de tres cabezas. Más que un hogar recién surtido, aquello parecía una casa deshabitada. Un circo en demolición.

Como siempre que sentía una especie de desierto, cogí el teléfono. Más que para llamar a nuestra madre, a mí me había servido para mensajearme con mis «amigas». En la pantalla había llamadas perdidas desde España, mensajes sin leer de Marchelle, y un mensaje de Eleonora y de otro usuario desconocido, «U-JF79-UoM». Reconocí las siglas UoM porque significaban University of Miami, donde nuestro padre trabajaba; el apartamento estaba plagado de tazas, camisetas, bolígrafos con esas siglas, UoM, que él nos traía como souvenirs cuando volvía de dar clase en la ciudad. Como todavía no utilizaba bien el suyo, me pregunté si habría dado mi teléfono en el departamento como número de contacto. Eso mismo había hecho en Boston, meses atrás, cuando era Nico quien recibía las notificaciones provenientes de la universidad.

Pero no. Abrí el mensaje. Eleonora y este nuevo usuario me citaban en el Village Green Park. Cerré el mensaje. Apagué el teléfono. No sé cuánto tiempo pasé quieta, sola, en el salón. Nico no salía de su cuarto. Nuestro padre tampoco volvía con la cena. Otro mensaje de Eleonora: me decía que ya estaban en la casa. ¿La casa de quién? No podía ser la suya. Siempre se refería a ella como la Villa. Me levanté.

—¿Adónde se supone que vas?

Nico emergió al oírme buscar entre las llaves.

—No eres mi padre.

Aquella fue mi venganza por su mutismo, o por su adultez. La voz de Nico empezaba a cambiar, a sonar más grave, pero ahora se mantuvo en silencio, sin ceder a mi provocación.

—Es absurdo que no me digas a dónde vas, aunque papá no te lo pregunte. Te lo estoy preguntando yo.

—Voy con una amiga.

—Pero si no tienes amigas.

No lo dijo para herirme, estoy segura. Solo como quien constata su versión de los hechos.

—Quiero que sepas una cosa. Si papá no te pregunta qué haces cuando sales, ¿no será porque él tampoco quiere que le preguntemos? Me parece muy raro que nunca...

—No has visto a mis amigas —lo interrumpí— porque hacemos planes al aire libre. No nos encerramos a mirar porno como tú. Se oye todo desde el salón, que lo sepas.

—Eso no es asunto tuyo, te estoy diciendo...

Me aparté de él porque se lanzó sobre mí, sobre las llaves. El forcejeo duró lo que duraban nuestros forcejeos. Mi puño estaba duro, tras mi espalda. Si quería abrirlo tenía que hacerme daño. No lo hizo, pero tampoco se despegó de mí. Si no le daba las llaves, dijo, me impediría moverme. Cuando vio que yo estaba dispuesta a quedarme quieta hasta que él se cansara, sentí que la coacción mutaba en una especie de abrazo, como si cambiase de táctica o si, desde el primer momento, aquella hubiese sido su intención. Fingí no notarlo. Peor, fingí no quererlo. Su ataque no era un ataque, sino un reconocimiento de mi silueta. Él pretendía imbuirme su alma, o comprobar que mi corazón latía, pero yo abrí la puerta y salí. Mis próximos pasos fueron un intento de lanzarme al abismo antes de que el abismo se cerniera sobre mí.

III

Las ocurrencias de Eleonora solían ser una aventura, pero también un desastre: su apariencia de peligro parecía una patraña, una ridiculez, hasta que de pronto, un día, eran exactamente lo que podían llegar a ser. En eso Eleonora se parecía a todos los hombres de la isla. Creía que su diseño, su imaginación, podía aplicarse al terreno sin consecuencias.

No hablaré de él como se supone que debería hacerlo de esta clase de hombres, porque no me pareció que perteneciese a ninguna «clase». Era un tipo simpático y elusivo. No me dijo su nombre. Tampoco me preguntó el mío, comprobó mi usuario de teléfono y eso fue suficiente. Al escucharlo sonrió, educado, con arrugas gentiles alrededor de los ojos.

Me acerqué a su penosa parcela de jardín. Al mirarlo, tampoco me pareció un cuerpo correspondiente al hombre pene de Omegle, días atrás, pero imaginé que Eleonora tendría a un séquito de hombres pene con quienes chateaba –así como tenía su séquito de criadas en la casa y de «amigas» en el colegio–, y que habría escogido al más presentable para enseñármelo.

—¿Está dentro? –dije.

Él supo que me refería a Eleonora. Con toda naturalidad dijo que sí y con toda naturalidad yo fingí dudar. Me invitó a entrar. No lo hice aún. Miré hacia el cielo: parecía que las nubes no cabían sobre nuestras cabezas, se amontonaban como si no fuesen la causa sino las espectadoras de algún ciclón. Empezaron a caer gotas, y hoy me pregunto qué se decidió aquella tarde exactamente, aquella noche, cuando se anunciaba otro diluvio tras días resplandecientes. Horas atrás, mi hermano y mi padre habían discutido en el coche de vuelta del supermercado, acerca de nuestra madre, que al parecer estaba desquiciada por algo, dispuesta a llevarnos de vuelta a España. Yo simulé mantenerme ajena a la conversación, pero supongo que, cuando una familia se descompone, lo primero que una hace es entrar en casas ajenas. La luz de la isla, cada vez más difusa en mis recuerdos, empezaba a perder su blanco y se tornaba gris, como sucede durante un eclipse. Fue él quien me reconoció a través de esa neblina, cuando atravesé el Village Green Park, plena, rebosante de falsa voluntad. Nada me pareció siniestro en aquel hombre. Al contrario, no lo había visto en mi vida pero me resultó familiar.

—*It's you.*

Alargué el cuello y le sonreí, disponible. Supe, por su acento, que hablaba español. Me tendió la mano hispanohablante y habló con el rostro destapado. Pero el rostro no es el rostro. El rostro es lo que viene después. Su falsa candidez, por supuesto, era parecida a la mía. Su piel semiblanca se dejaba iluminar por algo que ya no era sol. Desde la acera conversé con él y dije cosas sin saber que las sabía decir, que las quería decir. Hoy recuerdo aquella interacción, y las que siguieron, desde un vaho espeso. Tal vez estaba haciéndome la adulta para terminar con aquello de una buena vez, pero ¿por qué actuaba como si supiese para quién estaba actuando, como si no fuese mi primera sino mi milésima vez ante aquel hombre? Hay recuerdos que no tienen exactamente un sonido, un color, son sensaciones mixtas y todopoderosas, y se distinguen de las demás porque vuelven, vuelven, vuelven cada vez con un disfraz distinto.

Disfrazada con naturalidad entré en el estudio, y digo «estudio» porque así lo llamaba él, pero ahora usar esa palabra me parece irrisorio. Era más bien un cuchitril de estudiante. No, de conserje. Una caseta torpemente acondicionada para pernoctar o quizás para trabajar desde allí. Pero sí: las paredes estaban cubiertas de plásticos ondulados, protegían fotografías y, aunque el espacio lo recuerdo como un embrollo de materiales no identificados, el sonido del flash lo retengo con nitidez. Una nitidez que no mantiene nada de aquella época.

Oteé la sala: si no ocultaba nada de aquello, debí pensar, era porque nada había que ocultar, pero que algo esté a la vista no significa que sea transparente. También su tono era franco, explicativo, y eso no significa que yo lo comprendiera. Me junté con Eleonora, que estaba mirando unas fotografías de la pared lateral. Sentí sus ojos sobre mí.

–No sé si tiene sentido tomar fotos hoy, pero quería invitarte –dijo él– por sugerencia de Elle, para que veas cómo quedan. Todavía estoy probando las luces nuevas. Estas de aquí.

No había ninguna petición explícita, nada sonaba a obligado, más bien me sentía como en una lamentable exposición de arte, aunque siempre hay algo obligado, y lamentable, en una exposición de arte. Registré entonces –o me di entonces cuenta de haberlas registrado al entrar– las insignias de la Universidad de Miami.

–Él es mi amigo. El fotógrafo de quien te hablé.

Eleonora se refería, seguramente, a que allí había un hombre con un proyecto y con una explicación, pero los proyectos y las explicaciones no justificaban nada, y ella lo sabía.

–¿Dónde está la otra? La negra –dijo él. Se dirigía a Eleonora. No entendí la pregunta. Ella se encogió de hombros.

Volví a pedir su nombre y solo escuché el silencio. Entonces hice lo que, según parecía, se esperaba de mí: me paseé por el espacio desordenado, lleno de sillas reclinables, algunas encima de otras; alfombras de cuerda, enrolladas como para una mudanza o una instalación; en las paredes, protegidas por láminas transparentes, por un lado había caras y por otro cuerpos. En una tercera sección había prendas de ropa, recortes de revistas parecidas a las que había visto en Villa Cagnoni, en el cuarto de Eleonora. El resultado era

134

una especie de collages. No eran exactamente pinturas. Tenían la textura y la apariencia de fotografías. Me acerqué a la sección de los cuerpos, delgados y sin pelos, desnudos como maniquís. La mayoría, sin cabeza. Imposibles de identificar. Cuando había rostros, eran rostros cambiados, que no correspondían a los cuerpos.

—¿Cómo os conocisteis?

Eleonora iba a hablar, siempre hablaba primero, pero ante aquel hombre quedó en silencio, como si debiera contestar él. Él caminó hacia unos focos.

—¿Y qué haces con las fotos? —insistí.

Tardó en contestar. Estaba arreglando un cacharro que sujetaba una bombilla.

—No lo hago por dinero —dijo con intención chistosa—, eso está claro.

—¿Y dónde las expones?

—¿Tú también quieres ser actriz, como Elle?

Negué.

—Entonces quieres ser modelo.

Volví a negar.

—El problema es que ya lo eres —dijo—. Esas cosas no se eligen, lo eligen a uno.

Aunque evitaba cada una de mis preguntas, sus palabras eran, por momentos, amigables. No esquivaba mis ojos al hablar.

—Me gustaría ser fotógrafa —le dije.

Agarré una cámara y la manejé, sin ser consciente de que nosotras no podíamos tocarlas. Me la quitó. Recolocó la cámara en el punto exacto donde estaba antes. Empezó a desabrocharse el pantalón, del modo más torpe que supo, para comprobar mi reacción. Percibió mi reticencia. Eleonora se abalanzó sobre mí y me dijo que, si lo dejábamos «continuar y terminar», nos sacaría fotos juntas. Los gestos de ambos fueron rápidos y animales, no recuerdo más intercambio verbal, solo las manos de ella sobre mí, que parecían muchas más que dos.

–Déjala. Déjala en paz –dijo él.

Al escuchar el timbre masculino, Eleonora se apartó. Había empezado a quitarme la chaqueta. Me la recoloqué y la miré como si fuera idiota, pero Eleonora no era idiota. Él, alejado, algo encorvado, volvió a sus labores. Terminó de desabrocharse. Eleonora parecía querer ayudarlo, pero él la rechazó. Nos quedamos observándolo. No se puede precisar lo que ocurre mientras una observa, interpretar la propia percepción resulta siempre en autoengaño, pero puedo decir que nada me asqueó en el cuerpo de aquel hombre. Ni sus manos ni su miembro tenían un mal aspecto, las primeras eran más blancas de lo que yo esperaba y el segundo más oscuro. ¿Sus ojos? No los miré durante aquel intervalo, como si yo también fuese capaz de disociar la cara del cuerpo con suma educación. En ningún momento se acercó. Tampoco me pidió que me acercara. Así –si yo no lo tocaba– era como si me estuviese haciendo un favor. Negar esta sensación sería mentir, reinterpretar el pasado desde el presente: sentí un ambiguo respeto por él, sentí su ambiguo respeto por mí. Se mantuvo en esa posición durante unos minutos a la vez fugaces y eternos, nosotras frente a él. Cuando terminó, al su-

136

birse la cremallera, brotó de él un nuevo hombre: nos prestó máxima y académica atención a las dos. Nos preguntó sobre el colegio.

Eleonora casi no hablaba con él ni me miraba a mí. El «fotógrafo» encendió la televisión. Entonces —entonces sí— nos dejó manejar los focos. Flash. Eleonora me tomó varias fotos de perfil, pidiéndome que girase o me tapase la cara. Descubrí que la luz de Key Biscayne era perfecta para aquellos retratos, luz lateral, oblicua, o tal vez eso lo descubro ahora, que veo la historia del revés y se me presentan retratos de niñas, de hombres, de animales también. Pero son falsos perfiles. Falsas pistas. Lo que ocurría en la isla, los hechos cruzados y paralelos, nunca salían a la luz porque ya estaban en ella: el parque, las casas, las piscinas estaban continuamente iluminados. La luz permea, recubre las cosas de un color que no es el suyo. Lo que ciega es la luz, no la oscuridad. Para eso se inventó el flash.

Quién sabe cuánto tiempo pasamos dentro, y quién sabe cuánto tiempo —y cuántas veces— habría estado allí Eleonora antes que yo, pero al salir, y despedirnos, su amigo nos acompañó hasta el Village Green Park. Parecía nuestro maestro o progenitor. A aquella hora, la entrada del parque era un umbral, pero ¿un umbral de qué? Empezaba a anochecer y miré las mejillas, la frente de Eleonora. No la vi en su conjunto, solo por partes. La abandoné en el lado de las mansiones. Yo continué en línea recta y me preparé para salir de aquella esfera paralela: para toparme con los gestos consternados de mi padre y de mi hermano, pero lo que me encontré fue mucho peor que un padre distraído o un hermano haciendo de padre.

Como una aparición, allí estaba ella: ni distraída ni fastidiada, en ningún papel excepto el suyo, madre solamente. Las maletas obstruían la entrada y todo apuntaba a que acababa de llegar, tan solo minutos antes que yo. El umbral era este. El aroma a plátano frito impregnaba toda la estancia, como los ojos de mi madre y lo que fuera que hubiese dentro de los míos. Mi semblante, que había ensayado algún cuento, debió caérseme y verse espachurrado en el suelo. Ella miró hacia mis pies como si allí estuviese mi cara caída, como si no me reconociese a menos que mirase a los ojos que rebosan a través de la máscara.

Cuarta parte
Un cocodrilo soy

I

El tiempo pasa de una manera particular en cada geografía. En Key Biscayne los hechos se encadenaron con algo que no llamaría velocidad, porque eran más veloces que eso. Se superpusieron —eso quiero decir— hasta sustituirse en la mente del observador, si es que alguien observaba. Lo cual también explicaría que yo retuviera parcialmente o, peor, que retuviera solo lo que sucedió y no lo que sucedía.

Parecía otro milenio, pero tan solo era el día siguiente. Desde la cama, mis ojos todavía cerrados, lo primero que recordé fue su llegada al apartamento. Luego, los escuché en la terraza, sus voces como venidas de una pecera. Los imaginé de espaldas, de cara a la vegetación selvática. Más que otro milenio parecía una alucinación, pero no: ella estaba aquí. Digo «ella» porque nuestro padre solía evitar su nombre, creyendo que, a fuerza de eliminar una palabra del vocabulario, también desaparece del universo visible. Error.

Su cuerpo existía, tan rotundo como nuestros propios cuerpos. Imprevisto y material.

Tras una noche difusa y un dormir probablemente gris, la neblina se disipaba y aparecían solo dos figuras largas, familiares, en la terraza. Por eso me sentía en una nueva era: ni rastro de hostilidad o enfrentamiento entre ellos. ¿Qué hacía nuestra madre aquí, y por qué el tono de ambos era tranquilo, incluso amistoso? ¿Hacía cuánto que estaban despiertos?

—Tiene mucha gracia si lo piensas —dijo mi padre.

—Más que gracia, el asunto tiene peligro. ¿No es allí donde vas con los niños?

—No, no. Es...

—Sí lo es, Ricardo. La piscina del Ritz-Carlton. El niño me ha ido mandando fotos.

—Que no, es otro hotel. Oye, ¿quieres que te cuente la historia o no?

—Sí, pero cuéntame también *por qué* no vais a la piscina del condominio: tienes condominio privado y te los llevas a las piscinas de hoteles donde suceden semejantes tinglados, no entiendo cómo...

—Los llevo allí —lo oí reclinarse— porque aquí no hay niños de su edad. En el condominio solo hay viejos chochos. Nuestros vecinos no son familias exactamente, ¡son fiambres!

Donde mi padre había calculado una risa, hubo silencio por parte de ella. La vejez de él, además, quedaba en evidencia cuando estaba con mi madre, pero, sobre todo, cuando indicaba la vejez de terceros: al decir «viejos chochos», una de sus expresiones favoritas, que entonaba con mueca pícara, puntiaguda. Él no se reconocía como un «viejo», su estilo de vida luchaba contra su edad, y todo indicaba que la sociedad se confabulaba a su favor: en aquella época todavía le llovían invitaciones a conferencias y a soirées. Visto de cerca, nuestro padre era otra rara especie de Florida. Un escurridizo académico con aspecto de pájaro, bermudas de homosexual y niños a lado y lado.

—Bueno, cuéntamelo —dijo ella—. Pero arranca, quiero despertar a la niña. Quiero saber de dónde venía anoche.

Si me hubiese preguntado a mí, yo me habría quedado en blanco. Mis sueños nocturnos habían modificado lo vivido, mezclando imágenes de libros y maletas, de niñas y de dos hombres, de una serie de fotografías. Al despertar, la realidad era otra, los objetos distintos, y la estampa esta: tras la cristalera, un padre y una madre compartían restos de cena cubana. El olor a yuca y carne recalentada llegaba hasta mi cuarto.

—Ahora te lo cuento, ¿seguro que no quieres una copita?

—No son ni las nueve, Ricardo. Y apenas he dormido después de tremenda...

—Por eso. Por eso lo digo.

Entreabrí mi puerta. Alcancé a ver un movimiento enigmático de mi padre: con la cadera, estaba recolocándose el fémur de «hierro» que pitaba en cada aeropuerto de nuestras vidas.

—¿Por qué haces eso —dijo ella— si no tienes hueso?

—Cuando te falte algo que siempre has tenido, verás que tus hábitos siguen siendo los mismos. Actúas como si tuvieras lo que ya no tienes, porque tu...

—Oye, hay que despertarlos.

—Bueno, el caso es que todo sucedió a lo largo la tarde, desde las seis aproximadamente. Tardaron en anunciarlo. Cuando os fuisteis a dormir, puse la televisión y recién lo anunciaban como un *scoop*. Me quedé medio insomne.

—Y déjame adivinar: saliste de casa y fuiste a pie al Ritz-Carlton.

—Salgo a pasear cuando no puedo dormir, ya lo sabes. Se me han acabado las pastillas.

—Y dejas a los niños en casa, solos.

—No estaban *solos* anoche. Estabas tú.

Mi madre movió las cejas y mantuvo la espalda recta. Aparté la mirada de ambas figuras para concentrarme en recordar, pero la noche anterior pertenecía a una historia lejana, a años luz: tras mi vuelta al apartamento, tras su llegada, tras la discusión que se desató entre los dos —una explosión de reproches sobre nuestra vida en España y sobre nuestra nueva vida en Estados Unidos, no exenta de terminología y amenazas legales—, yo había sentido náuseas y mareo. Me había metido en mi cuarto y Nico en el suyo. Hubo toques de puertas, entradas, salidas, acrobacias verbales de él y sollozos de ella. Conversaciones pausadas luego. Silencio. Varias tandas de todo lo anterior y silencio definitivo.

No puedo hablar por los cuatro aunque escriba por los cuatro, pero sé que terminamos exhaustos y nos dormimos, entrada la madrugada. Nuestra madre había reservado un motel en la isla, pero terminó durmiendo en nuestro apartamento, con Nico. Por la mañana, como si no fuese un milagro que hubiese pasado la tormenta verbal, ellos dos hablaban aparentemente razonables.

Me fijé en la expresión de ella, dispuesta a descifrarla, para entender a qué respondía su mansedumbre. Reconocí su repulsión ancestral hacia él –la rigidez en los hombros–, pero también un nuevo elemento: unas arrugas neutras, relajadas, interesadas por el principio del relato.

–Tal como me olía –continuó mi padre–, lo que dijeron por televisión era pura información de secreto preventivo. Lo oficial suele ser falso, ya lo sabes. Lo verdadero ocurre tras la palabra oficial.

–Pero cuéntame *qué viste* en el hotel, qué manía con darle a todo tu vuelta de...

–Lo que anunciaban en el telediario era la muerte de un pobre anciano de vacaciones, en su habitación, tras demasiados largos en la piscina, ¡pero no! Saben que los espectadores, en sus casas, necesitan un detalle concreto y verosímil, aun si es falso, para tragarse la versión inofensiva del asunto, y que...

Mi madre puso su cara de vaso. Empezaba a detectar el tono saltimbanqui de él, es decir, su nula voluntad de tratar –y más bien esquivar– la verdadera razón de su venida. Aun así, lo dejó continuar.

–Entonces, una vez llegué al hotel, me hice pasar por periodista con el carnet de profesor visitante.

–Hay que estar loco.

Ambos alargaron el brazo para coger otro cigarrillo. La escena parecía todavía parte de un espejismo, no de mi vida: dos personas de esferas distintas colo-

cadas en un mismo lugar, comentando las noticias lo-
cales, y no montadas en un litigio irresoluble.

–Todo esto parece una digresión pero no lo es.
Te cuento: la policía de Key Biscayne apenas habla
español; una paradoja más de las que sustentan este
lugar. Por eso no vieron que mi carnet *no* es una
acreditación de un medio de comunicación. Así fue
cómo accedí al interior del Ritz-Carlton, y lo que
acabé confirmando, aunque solo fueron fragmentos
de conversación, es que unos sicarios encontraron ahí
al ladrón del diamante de Orlando.

–Dices «ahí» como si no fuera aquí al lado, Ricardo.

–El ladrón, según parece, no pretendía entregar
su parte. ¿Quién entiende las lealtades de estos criminales? La puso en manos de otro grupo de narcos que
también le ofrecía protección. Total, que el hombre
se refugió en el Ritz-Carlton, aquí mismo, sí, como
quien no se esconde. Encontraron maquillaje, pelo
falso, en su habitación. De eso hablaba el gerente del
hotel. En definitiva: los contrabandistas dieron con él
antes que la policía, obviamente. La revancha fue si-
lenciosa, por la tarde, en el solárium; no confirman el
arma del crimen y no sé por qué confirman, tan pan-
chos, lo del solárium. Según dijo el gerente, lo encontraron por la noche en la cama, pero la sangre estaba
seca en las sábanas. Eso indica que esta madrugada ya
hacía horas del asesinato. Habían movido el cuerpo.

Todo lo que sucedía entre mis padres estaba detrás
de lo que se decían, y si relato esta conversación es solo
porque su música es agradable para mí, como un canto
de cigarra, y me transporta a una vida agridulce que ya

146

no existe. Pero ni mi padre era tan camelador ni mi madre tan ingenua como lo parecía aquella mañana: él hablaba y ella escuchaba, pero ambos sabían que no había comunicación. Si a algo respondía aquel intercambio era al nerviosismo de estar juntos, bajo un mismo techo. Los nervios modifican a las personas y hacen aflorar sus perfiles más ridículos.

—No se entiende eso del solárium —dijo ella—. Tuvo que ser en el cuarto.

—Cuando avisaron a los huéspedes de que grandes áreas del hotel quedarían cerradas por la investigación, emergió un testigo. Dijo haber visto a un bañista sostener a otro hombre viejo, que parecía desmayado por exposición solar extrema. Así que el traslado, con ese nuevo dato, podría cuadrar. Bueno, eso es lo que se sabe de momento sobre los hechos.

—¿Qué hechos?

—Los hechos del Ritz-Carlton —dijo él, y apagó su cigarrillo—. Así lo llaman.

Ella se quedó mirando hacia el cenicero mientras él saltaba de una información a otra.

—Y se suponía que este era el barrio seguro de Miami.

—Mujer, si estas cosas fuesen realmente peligrosas no te las hubiese contado.

—¿Te parece que eso me tranquiliza?

Pese a su reticencia, mediante algún tipo de prestidigitación, él logró que ella continuase escuchándolo durante buena parte de la mañana. Nuestra madre parecía, por momentos, olvidar el conflicto vivo entre ambos, y el apartamento parecía por primera vez un espacio familiar, donde surge una conversación cualquiera, donde se fuma por gusto cotidiano, donde dos adultos esperan a que dos niños se despierten, aunque se tratase, obviamente, de la calma que precede al huracán.

¿Qué había pasado exactamente la tarde y la noche anteriores? El relato de mi padre, a mí, me extirpó del estado letárgico, mezcla de pastillas y pesadillas. Milenios atrás, desde aquel supuesto estudio del amigo de Eleonora, yo había visto luces de policía desfilar por Crandon Boulevard, en dirección al Ritz-Carlton. ¿Era posible? La llegada imprevista de nuestra madre, la presencia de la policía en la isla, mi encuentro con Eleonora y el fotógrafo, ¿era posible que todo sucediera durante la misma franja de horas, desde el mediodía hasta medianoche?

En Key Biscayne, ya digo, todo sucedía al mismo tiempo, no en las secuencias sucesivas que forman el relato. Lo más probable es que cada cosmos —cada isla— tenga su propio modo de ocultarse aunque digamos, luego, que nosotros no escogimos la ocultación. Todas las especies lanzan gritos, códigos al aire para que otra especie diga: esto es lo que ocurrió. Y lo que ocurrió fue otra cosa.

–¿Me explicas qué le has dado a la niña?

Mi madre me vio a través de la cristalera. Su voz cortó mis escenas mezcladas. Me gustaría verme desde sus ojos ahora, para saber qué pinta tenía. Mi cuerpo estaba postrado en el sofá; mi sensación era de fatiga, como de anestesia que se niega a abandonar la sangre.

—Y el niño lleva así toda la noche.

Nico salió de su cuarto en un torbellino de estornudos. Ella corrió la puerta de cristal como quien corre la cortina de la función. De la tregua. Se zanjaron el disimulo, la diplomacia, la cháchara matutina. El truco conversacional de mi padre perdió su efecto como el domador de serpientes pierde, un buen día, su habilidad.

—Ricardo —se volvió hacia él—, ¿crees que me distraes con tus pésimas historias de true crime?

Su voz abandonó el eco de una pecera, de nuevo amenazante y maternal. Terminaba la calma crepuscular en la terraza, el tiempo de tabaco y suspensión. Durante las horas nocturnas, todo podía recomenzar en la isla, lo de ayer borrarse y ser otra cosa, virgen y contraria; en cuanto asomaba el sol, se difuminaba esa posibilidad. Se diluía ahora, también, la conversación inofensiva, y la pregunta volvía a emerger: ¿qué hacía nuestra madre aquí? Pero su llegada no la motivaba un propósito, sino una intuición. Hay quienes actúan antes de que las cosas sucedan aun si, depende de cómo se mire, ya han sucedido.

II

Desde enero, la piscina había sido mi reino soleado y deprimente. Me pasaba días enteros en la tumbona. No sé a qué me dedicaba exactamente; a una especie de vaciado de conciencia, quizás, que empezaba con mi padre y continuaba sin él. Así avanzaban nuestras semanas, sin conocimiento ni progresión. Estar con Nico nos reinsertaba en cierta normalidad familiar y nos extirpaba de un vagar conjunto pero solitario. Adolescente y senil. Sin quererlo, los tres nos fuimos asimilando a los vecinos del condominio, cuerpos huidizos, sacados de otra época u otro país, figuras que parecían provenir más de geografías imaginarias que de la vida cotidiana.

Como excepción, aparecían a veces familias mexicanas y colombianas en la piscina, pero con madre y padre. Por lo general, criaturas jubiladas y naranjas ocupaban el trono de la oquedad. Piel gruesa y derretida. Nadie entablaba conversación más allá de dientes cordiales, y los ojos, las cejas, incluso las mejillas, quedaban ocultas tras gafas de sol.

Mi padre y yo imitábamos a los vecinos más extravagantes, pero a mi hermano nuestro dúo dinámico cada vez le hacía menos gracia. Con el tiempo, entiendo que encajábamos allí a la perfección, pero no porque nos hubiésemos asimilado. Las especies tienden, sin saberlo, hacia el hábitat que les es propio. Solo mi madre, ahora, cuyos colores eran naturales –provenientes del mundo de los vivos–, desentonaba en nuestra isla mortecina.

Decidió, sin consultarnos, quedarse durante una temporada indefinida en Miami, o al menos no nos informó de su fecha de vuelta a España. Nadie dijo nada, pero sé lo que pensó cada uno. Había pasado una semana desde su llegada cuando, un día, mientras esperábamos a que ella se despertara de una siesta, los tres bajamos a la piscina. Nuestro padre se tumbó al sol y retomó su lectura. Yo había llevado el *Quijote* para colocármelo bajo los pies, sin intención de leerlo, para reanudar mi sesión de pedicura. Nico, cansado de nadar en el charco monótono, se había puesto a estudiar –más que leer– un libro de Melville. Solía subrayar palabras y acercarse a nosotros.

–*Pedestrian*, ¿sabéis qué significa?

–Pienso –dije.

–¡Alpiste! –dijo mi padre.

Mi hermano puso cara de estar a punto de educarnos, pero aquel gesto se borró en pro de otro: algo en la punta opuesta del solárium reclamaba su atención. Miré hacia donde él miraba. Una silueta se definía mientras se acercaba como un animal lento, consciente, que reveló su contorno humano. Humano no, femenino. Brazos y piernas blancas, en equilibrio, avanzaban hacia nuestro letargo desequilibrado. Durante un segundo, la luz incidió en sus gafas de sol. Vi que nuestra madre renacía de un sueño reparador: registró todo lo extraño y desconocido que había a su alrededor y al fin nos localizó. Sonrió con sueño. Nuestras tres tumbonas estaban esparcidas por el solárium y, antes de que ella tomase una dirección, la duda vino a mí: ¿hacía cuánto tiempo que no estábamos los cuatro juntos?

Cuando no se puede recordar la última vez, esta, ahora, es la primera. No había más vecinos. Éramos, los cuatro, dueños de aquel escenario, actores inseguros de qué papel desempeñar por nosotros mismos y, sobre todo, con respecto a los demás: dos hijos con respecto de dos padres que fingen, y dos padres con respecto de dos hijos que saben que fingen.

—Significa «viandante».

El que actuaba con más naturalidad era Nico, aunque había algo anormal en su templanza. Mi padre asintió, lo felicitó por la traducción, pero mantuvo la mirada atenta al cuerpo de mi madre. La escrutó como a una fruta nada obvia, recién caída de un árbol, lista para ser interpretada —y luego desechada— por él. Ella nos alcanzó con un gesto llano, lo contrario de un rostro de actriz. Yo fingí no verla llegar, como cuando un animal no identificado ronda bajo el mar; así reaccionaba él cuando ella llamaba desde España, haciéndose el distraído. Ahora, cuando estuvo frente a nosotros, alta, inevitable, él teatralizó el saludo.

—Vaya, bienvenida a Miami, señorita. ¿Ha tenido

un buen vuelo? ¿Le puedo servir algo? Por aquí la zona vip.

Con ademán de camarero, le indicó una tumbona. Ella sacudió la cabeza pero se sentó donde él le había indicado. Era como si ensayasen su llegada por segunda vez. Ambos colaboraban. Y yo también me esforcé por verla como si la viese llegar ahora, de nuevo, borrando la imagen de la semana anterior, con maletas a lado y lado, aterrizada desde un universo lejano —tanto ella como yo— y me mantuve aquí, en el presente, en la piscina de Ocean Lane Drive.

¿El presente? El presente mostraba a mi madre alargada. Su melena corta era la de las modelos cuando toman alguna decisión; su pelo era el mío, parecían pelucas idénticas. Se movía como una mujer con milenios de sabiduría acumulados en el cuerpo, pero su saber era secreto.

Por un momento la vi a través de los ojos de él. Estaba metida en un bañador oscuro que realzaba la cintura delgada, las extremidades, pero sus movimientos no se correspondían a la figura sufriente que yo había recreado tras el teléfono. Tal vez la madre mártir era, solo, una ficción de él. Un deseo de él. Ahora nos contemplaba a mi hermano y a mí y no sufría, no decía nada desde su tumbona. De qué son capaces las personas que sufren es una pregunta lógica, pero qué pueden hacer quienes no sufren es una pregunta mejor.

—Estás muy guapa —le dije, como si con eso pudiese detener el tiempo, mantenernos hasta el último día en aquel oasis hueco.

–Lo dices como si no fuera tu madre. Y guapa tú.

Ella debió de identificarlo, aunque yo solo me di cuenta después: «guapa» era lo que mi padre llamaba a todas las mujeres, que subsumía bajo un molde icónico, en blanco y negro, y del cual ella, era obvio, sobresalía. Nico debió de percibir las sospechas, los desencuentros que sobrevolaban el solárium. Los cortó de golpe.

–¿Os puedo leer el texto que he escrito para clase? Este mes el tema de Historia Estadounidense es la esclavitud y he escrito mi ensayo sobre los cuentos de Melville.

Mis padres se miraron, recordando de pronto que uno de sus hijos era superdotado. Yo bostecé para denotar aburrimiento, pero nadie se fijó. Ni una hoja se movía.

–Lo he titulado «Unexpected Victims». «En varios de sus cuentos, Melville cuestiona el comportamiento bondadoso y noble, y ve algo engañoso en los patrones que actúan desde la compasión y la caridad hacia...»

No trataré de reproducir sus palabras exactas, pero retengo la idea de lo que leyó. Nico nos explicó que los narradores de Melville –jefes de barco, capitanes, hombres poderosos– eran incapaces de abandonar el control sobre los demás, de ver a otros seres humanos como personas en lugar de como instrumentos para su plan o súbditos de su cosmovisión. Eso los convertía, al final del relato, en víctimas de sí mismos mientras creían estar abusando de los otros, de sus supuestos inferiores. Dio ejemplos de cada cuento como si estuviese en una clase. Utilizó palabras que yo desconocía.

Durante unos segundos nadie dijo nada, pero

154

pronto los aplausos de mi padre hicieron eco en el suelo de granito. Nico, que solía hacer una reverencia tras leerle los deberes, esta vez no se dobló.

—Te dije que dominaban el inglés como dios, ¿eh? —Se volvió hacia mi madre y le pidió la tarea a mi hermano—. Te voy a corregir solo dos frases para que el razonamiento tenga más fuerza, justo donde...

—Ricardo, estoy segura de que a estas alturas su inglés es mejor que el tuyo. No le toques nada.

Ella se quedó mirando hacia la piscina como lo hacía, de vez en cuando, hacia el cenicero. Buscó algo en el cielo. Se tendió en la tumbona. Volvió a incorporarse y finalmente se quedó sentada, tras felicitar y estrechar a mi hermano como yo no me dejaba estrechar. Se adentró de nuevo en un silencio que a mí me inquietaba, acostumbrada como estaba a la cascada de imágenes, palabras, pelotas de pimpón. Se colocó una camisa por encima de los hombros. Mi padre no percibió sus movimientos erráticos: había quedado, profesoral, haciendo anotaciones en el texto de Nico. Yo volví a mis labores con el esmalte de uñas, que había caído sobre la cubierta del *Quijote*, hasta ocultar el rostro del caballero andante.

No sé exactamente cuánto tiempo pasó, pero las nubes se desplazaron y una brisa marina emergió por el este. Debí de dormirme, sin llegar a dormir, en lo insólito y apacible de aquella tarde.

—¿Estás seguro? ¿Y a la niña no le ha dado ninguno de esos vahídos?

—¿Qué vahídos? Ha tenido algún golpe de calor, eso sí. Es normal.

El esfuerzo de un nuevo comienzo seguía vigente, pero empezaba a degenerar: él hizo un gesto evitativo al aire, sabiendo que ella lo escrutaba por el lateral. Continuó concentrado en los deberes de Nico, sin mirarla de frente. Ella se reincorporó.

—El niño me ha dicho que la dejasteis en la playa durante tres horas, un día. Que según tú solamente estaba «tomando el sol», pero que cuando él fue a buscarla estaba inconsciente. ¿Sabes que si testifican en un caso de custodia esa prueba sería suficiente? No tengo ninguna intención de empeorar las cosas, pero lo sabes, ¿verdad? El niño también me dice que por las noches a veces no te encuentra en casa. Y a la niña tampoco.

Noté, en mi cuerpo, el contraste entre la piscina sosegada y la conversación tensa, que volvía como la marea.

—También me ha dicho que escuchó historias en su instituto. Le hablaron de unas amigas de la niña. ¿Te cuento lo que me dijo?

—No creo que sea el momento ni lugar. Y yo no...

—No estoy hablando de ti, te estoy hablando de los niños. Haz contigo lo que quieras, pero ten mucho cuidado con ellos dos. Y este año no va a acabar bien si no cumples todos los puntos del acuerdo.

Silencio.

—¿Me estás escuchando? Tenían que venir por Pascua, Ricardo. Hace *ocho* meses que sus abuelos no los ven.

—Pues has hecho bien en venir tú, mujer. Ya te dije que decidieron ellos quedarse por Pascua, sobre todo la niña.

—Eso es mentira.

—Y mira este clima: Pascua en Miami, ¿de qué nos podemos quejar?

Se recostó de nuevo. Retomó el escrito de mi hermano como si allí no hubiese nadie más.

—Dime la verdad, Ricardo. Si lo haces te aseguro que lo entenderé: ¿lo de los vahídos no será porque le sigues dando tus somníferos? ¿O le pasa lo mismo que le sucedía en Boston?

Mi padre soltó el bolígrafo, que resonó metálico, y tuvo que enfrentarse a la conversación en vez de al texto. Nico seguía haciendo largos. Me pregunté si habría aprendido de mis técnicas de disimulo.

—No sé de qué hablas, no sé qué dices de Boston, ¡y parece que tengo a un helicóptero policial vigilando mi paternidad! Soy el padre de estos niños, no un delincuente. Mira a tu alrededor. Míralos a ellos. Relájate y pasemos unos días en familia. Cuando quieras volver, me avisas y te llevamos al aeropuerto.

Mi madre no escarmentó. Esperaba otra respuesta.

—Y aquel día en Boston, pues sí, estuve preparando la clase hasta muy tarde. Por eso me quedé roque. Me paso el día con ellos, no preparo las clases hasta la noche, ¿qué quieres?

—No me refiero a eso. La niña se puso a llorar nada más verme cuando llegué a visitaros en Brookline. Lloró y tuvo mareos el resto de los días, y no supo decirme por qué.

—Bueno —dijo—. Los niños lloran. Son muchas emociones nuevas, muchos cambios de todo ti...

—No había ningún problema con los cambios.

Boston les encantaba, estaban adaptados al colegio y a sus amigos en Brookline.

Visiblemente molesto, incapaz de retomar su corrección, la abandonó. Buscó un cigarrillo.

—Sabes que ellos *quieren* estar conmigo —dijo—. No importa cuánto lo intentes vía abogados.

—Yo deseo que les vaya bien contigo, pero si no te comunicas conmigo es imposible: tienen la suerte de tener padre y madre, pero no puedes pretender que vivan dos vidas paralelas. Así solo les enseñas a mentir, y aprenden a ocultarme cosas. La niña ya no es capaz ni de mirarme. Cuando me habla, es como si me hiciera un favor. Exactamente igual que tú.

—Te habla así porque tiene catorce años.

—Tiene *doce* años. Va a cumplir trece.

—¡Bueno! Estamos en Florida, aquí la pubertad a las niñas les llega antes, créeme.

—Pero tu hija es española. No entiendo tus razonamientos, Ricardo. Son disuasorios.

Cuando se topaba con alguien que no aceptaba sus «razonamientos disuasorios», él abandonaba la conversación. Entonces mi madre cambiaba de estrategia: fingía, progresivamente, aceptar dichas explicaciones; dejaba pasar unos minutos para que él se ablandase, como se ablandan los niños tras una regañina. Pasó otro torpe intervalo de tiempo. Cuando volvieron a hablar, fue de temas superfluos: la universidad, el cónsul. Ella preguntó si eran interesantes sus alumnos, y mi padre respondió con anécdotas. Pero era entonces, en cuanto él retomaba su tono conversacional, desprevenido, cuando la intervención de ella volvía a ser frontal:

158

—Ricardo. Creo que los niños deberían volver conmigo. Antes de que se acabe el año.

No me hizo falta verla; sé, por su respuesta, que la cara de mi padre se había vuelto a endurecer. Una plancha helada. Aquella plancha nunca había posado sus ojos sobre mí, pero los veía posarse en terceros: hombres o mujeres que deseaba descartar con una broma y que no desaparecían ni con una, ni con dos ni con tres.

—Qué absurdidad —dijo—. Y cualquier duda o propuesta que tengas, deberías hablarla con tu abogado. Él hablará con el mío. No es bueno que tengamos estas conversaciones enfrente de ellos. ¿A eso has venido? Relájate y vamos a disfrutar un poco.

—Eres experto en darle la vuelta a las cosas, Ricardo. Y mi abogado desconoce cómo están mis hijos porque no recibe noticias del tuyo.

—Escucha, vamos a dejarlo por hoy. Me parece razonable lo que decías el otro día sobre los médicos, ¿de acuerdo? Me parece una idea estupenda, *as a matter of fact*. Ya que estás aquí, iremos juntos al alergólogo del niño y al ginecólogo de la niña.

—Lo de la niña es un psicólogo, no un ginecólogo. Pedí que pudiera hablar con alguien de cómo se siente, ya que no lo hace conmigo.

—Conmigo sí habla. No necesita un psicólogo. Los vahídos son de crecimiento. Creo que tu desconfianza hacia mí te está nublan...

—¡Nico! —chilló mi madre, dando la conversación por zanjada—. Sube a casa con papá. Nosotras nos quedamos aquí un rato.

Sorprendentemente, mi padre fue de la misma

opinión. Deseaba huir de aquel intercambio desde hacía rato, y ahora veo que prefería los textos a las conversaciones porque el papel, inerte, no responde, no cuestiona. Mi hermano salió del agua como un soldadito. Padre e hijo empezaron a recoger las toallas. Cuando desaparecieron en el interior del condominio, ella se volvió hacia mí.

—¿Estás despierta?

Fingí estar despertándome con el contacto de sus dedos.

—He ido a hablar con tus profesoras por la mañana, ¿sabes?

Silencio en el solárium.

—Lo digo porque, según tus profes, te va muy bien en las clases de inglés, aunque hayas bajado en otras asignaturas. Dicen que sacas mejores notas que los niños de aquí. Pero creen que te han visto...

—No será por estudiar —traté de bromear.

—Ojalá yo pudiera hablar inglés como vosotros. Tenéis mucha suerte. Y tenéis suerte de estar este año con papá, ¿verdad?

Sus pestañas no retrocedían. Estaban expectantes sobre mí.

—Te puedo enseñar algunas palabras —dije—, pero no el acento.

—Sí, tenéis una gran suerte. ¿Tú lo sientes así, cariño?

Debí de asentir.

—Hacía semanas que no te escuchaba por teléfono. He estado preocupada, ¿lo sabías? Tampoco sé muy bien qué vida hacéis aquí.

160

No recuerdo qué dije. Seguramente otro comentario ocurrente que amenizaba el hilo de la conversación más que hacerlo avanzar.

—Sabes que ese era el sentido de este año, ¿verdad? Aprender bien inglés, pasar unos meses con papá y luego volver a casa. ¿Sabes que el abuelo ya casi está recuperado?

Le dije que no, pero mi respuesta era ambigua, no dejaba claro a qué pregunta contestaba. Me separé de ella en la tumbona porque deseaba echarme a sus brazos.

—¿Dónde estabas el día que llegué? Cuando volviste parecías un fantasma. Sé que papá se duerme antes que tú. Y tanto tu hermano como tus profesoras han mencionado algo que...

Ella se esforzaba por adoptar un tono golfista como el nuestro, por mantenerse en la superficie que él transitaba tan bien y que —ella comenzaba a entenderlo— era el único modo, ahora, de comunicarse conmigo. Aquella suavidad era aprendida. Era el modo que tenía nuestro padre de deslizarse sobre los asuntos sin tocarlos.

—¿Con quién estabas aquella noche? Necesito que me lo digas.

—Con mi amiga Marchelle —inventé—. La haitiana.

—¿Y dónde vive?

—Cerca de la reserva natural.

—Me gustaría conocer a su madre.

Yo mantuve el rostro franco de las mentiras y ella, el rostro opaco de quien quiere la verdad. Era imposible saber si me estaba creyendo.

—¿Es ella con quien te escribes todo el día?

Hice un gesto circular con las manos, como quien se queja de un interrogatorio.

—¿Qué pasa?

Hundió sus dedos en mi antebrazo y dijo que estaba helada. La brisa no había aumentado. El sol no había desaparecido. Movió una mano hacia mi mano. Es posible que, pese a la temperatura exterior, yo, quieta como un anfibio, seca y tensa como una lagartija que en otra vida había sido su hija, esperase a que ella desistiese.

—Sabes que ha sido tu hermano quien me pidió que viniera, ¿verdad?

Justo en ese momento escuchamos unos pasos que venían hacia la piscina. Pies frenéticos, inconfundibles. Mi padre volvía en busca de sus gafas de sol, que estaban en mis ojos todavía. Cuando me vio con ellas, me las dejó puestas. Mi madre apartó su mano de mí, como si incluso el contacto indirecto con él fuese, ahora, dañino. Me gustaría tener una fotografía de aquel momento, pero es posible que si alguien nos hubiese retratado solo apareciese él, ninguna mujer en el paisaje, o él y su dócil aprendiz, sin rostro propio exactamente, sin ojos, sin orejas, sin nariz.

III

¿Qué es un accidente, y quién decide que un hecho es sorpresivo o, al contrario, una consecuencia de acciones anteriores? En el relato de nuestra vida familiar, y también en la vida de la isla, ¿por qué los múltiples tropiezos los recuerdo como accidentes, y no como efectos lógicos de causas previas? ¿Por qué me parecen sobrevenidos? El accidente –por llamarlo así– ocurrió durante su último fin de semana en la isla.

Hasta entonces, mi madre había resistido en Key Biscayne. Instalada en el Palmer Inn, algunas tardes venía al apartamento. Hubo días en familia y días en el infierno. Trataba de comunicarse con él mientras él fingía formar parte de la conversación. Intentamos hacer cosas juntos e hicimos cosas por separado. Se cruzaban palabras cordiales solo cuando ambos, sobre todo nuestra madre, había desistido. ¿De qué desistía exactamente, y por qué aquel –este– parecía un día de abandono en un envoltorio de reconciliación?

No todo fue confuso. Hay encuentros fáciles de relatar. Él propuso ir al cine en una ocasión. Ella, al teatro en Town Square. Recuerdo un paseo tecnicolor en Calle Ocho, donde paramos a jugar al ajedrez. ¿A quién se le ocurrió, aquel día, ir a la reserva natural al sur de Key Biscayne? Sospecho que fue idea de mi padre, que llevaba prendado de los bichos y la vegetación tropical desde que llegamos a la isla. También es posible que lo extravagante, lo raro, le pareciese otra distracción: un modo de pasar el rato hasta que a mi madre se le acabase el dinero, o debiese volver a España por mi abuelo, y terminase su visita. No conocíamos su fecha de vuelta, pero tampoco su vida en la isla más allá de compromisos laborales que se había buscado para pagarse el viaje y la estadía en Miami. ¿A qué dedicaba las mañanas?

Vistos en retrospectiva, aquel día éramos una procesión animal más. Especies exóticas nos escoltaban a lado y lado, pero quizás las criaturas más absurdas éramos nosotros cuatro, tratando de encajar en el molde del resto de las familias de vacaciones.

—No hace falta que nos respires en el cuello, muchacho —oí a mi padre, que ahuyentaba a un pobre guía—. Ya paseamos solos.

—Cada familia debe ir acompañada, señor. Está prohibido tocar la fauna o acercarse demasiado al lago cuando...

Él hizo caso omiso. Los cuatro echamos a andar. Nuestra madre nos llevaba de la mano. Señaló con la barbilla hacia un manglar. Parecía haber una roca en movimiento, a unos metros, en la orilla. Una masa magnánima que se desplazaba lenta y siniestra. El guía se sintió interpelado.

—*Enhorabuena* —dijo, con un retintín que ya le había oído—. Han dado con el animal más insólito de toda la isla. El más engañoso. Muchos ni siquiera lo reconocen como animal porque parece parte del terreno.

—Pero si se está moviendo.

—Es una tortuga. ¿Ustedes son españoles, cierto? En español no tenemos dos palabras para diferenciar a la *tortoise* de la *turtle*, aunque la primera, esta que ve, es una especie originaria de las islas Galápagos. No se sabe cómo emigraron hasta aquí, y es posible que fueran transportadas por los propios...

—Te ruego que no me toques —le espetó mi madre al chico, que la había rozado sin querer.

El guía nos miró a mi hermano y a mí, como refugiándose de aquel exabrupto. Cuando adoptaba su tono masculino, nuestra madre desconcertaba a los hombres, su voz no fluctuaba como la de otras mujeres. Pero aquel día, casi a modo de presagio, su timbre era demasiado reactivo, quejoso. Es posible que ella misma se diese cuenta. Pasó largos intervalos en silencio solo para lanzar una daga inútil a la persona incorrecta. Durante los últimos días parecía haberse fatigado, y su mirada era, de pronto, solo introspectiva. No sé qué batalla se lidiaba en su interior exactamente, o qué esperaba conseguir, pero es probable que no lo estuviera consiguiendo.

—Seguro que han visto a las otras tortugas, que son animales de agua, más pequeños y membranosos que estas *tortoises*. Estas van por tierra. Son un animal misterioso, y el estudio más antiguo que existe sobre estas es de Darwin, que visitó las Galápagos en...

Nuestra madre avanzó por el sendero con nosotros, como si fuésemos maletas con ruedas. Yo me dejé arrastrar. El guía, huérfano de oyentes, trató de captar la atención de mi padre. Recurrió a su vanidad intelectual —el guía resultó ser estudiante de zoología en la Universidad de Miami— y así, de pronto, mi padre y su nuevo discípulo hicieron migas mientras caminaban unos pasos por detrás. No pareció importarles el desaire de mi madre, enfrascados como estaban en un incipiente diálogo académico.

—Melville escribe sobre estas tortugas antes que Darwin —dijo mi hermano—. Compara a la tortuga de tierra con un espectro, y no porque dé miedo, sino porque le parece enigmática, incomprensible. Si os fijáis, tiene dos lados: el negro y el amarillo. Lo que intentan, cuando se ponen de ese lado, es confundirse con el paisaje, con las circunstancias. Por eso Melville dice que son criaturas de aguante infinito, perpetuo: pase lo que pase, permanecen. Son muy antiguas, inmortales y...

Cuando llegamos al lago ya éramos dos grupos: nuestro padre con su guía y nosotras con el nuestro, Nico, más rubio e infantil. Durante su discurso, el guía nos habló de la historia natural de los cayos, de los indígenas que poblaban las islas, de los manglares y sus criaturas. Miraba a mi padre a menudo, buscando aprobación. Él asentía, infundiéndole seguridad a su pupilo. Si miro atrás, veo que los hombres jóvenes

166

siempre hacían buenas migas con mi padre, pero la relación de tutelaje que terminaban estableciendo no resultaba, a mis ojos, del todo normal. Mi madre no escuchaba ni a uno ni a otro.

Cuando los oyentes se dispersaron, se nos acercó una pareja. Ella era profesora de la universidad y reconoció a nuestro padre, aunque, en la isla, siempre iba con su gorra de colegial y su bañador «de gigoló» —su expresión preferida después de «viejos chochos»—, y parecía lo contrario de un profesor.

—Vamos —dijo al reunirse con nosotros—, vamos a bañarnos en el lago. El guía me ha dicho que los caimanes no atacan, que es solo una precaución: esta «cultura preventivista» sirve para protegerse legalmente ante cualquier imprevisto, posible o imposible, es parte del legalismo que...

Mi madre negó con la cabeza. Había hecho sándwiches por la mañana para los cuatro. Nos indicó un merendero.

—Qué rico —malfingió él, tras ver frustrado su plan bañista—. Voy a por una Coca-Cola fría al restaurante, ¿quién quiere otra?

—Los niños no beben Coca-Cola.

—¡Pues una Coca-Cola para la señorita y otra para el carcamal! Marchando.

Como tardaba en volver del restaurante empezamos a comer sin él. Imaginamos que se habría encontrado de nuevo con el guía, o con algún otro vecino o conocido de la ciudad. Me pregunté, viéndolo interactuar con personas de todo calibre, si en Miami él tendría «amigos» en el mismo sentido en que yo tenía «amigas»: relaciones fugaces, imposibles en cualquier otro lugar, y no por ello menos significativas. Me fijé en los grupos de adultos con niños.

Estábamos en la punta más turística de la isla y era fin de semana: familias de todo el estado venían a visitar la reserva natural, las playas, el faro abandonado; pero, a media comida, un chillido interrumpió mi lánguida observación del entorno. Nuestra madre también lo oyó. Al principio lo desestimamos como el graznido de un animal más, pero, en mi estómago, yo sabía que era él. Mi padre nunca gritaba, por eso tardé en reconocer que los alaridos provenían de su pecho, que todavía era el mío, y de su voz, que había lentamente usurpado mi voz. Fue como si el grito proviniera de mí, pero lo escuché en los ojos de mi madre, que fue la primera en darse cuenta, y Nico oyó su eco en los míos. Reaccionamos en ese orden. Ella nos dijo que nos quedáramos quietos.

Tras la vegetación alejada del sendero principal –Nico y yo la seguimos–, la voz de mi padre era más nítida, ya no me hacía falta buscarla en los ojos de mi madre, ni a Nico en los míos. Estábamos los tres frente a él: agitaba el cuerpo desde el agua, tiritando, en una especie de cuenca sombría donde multitud de bichos voladores cubrían la atmósfera, formando una masa oscura, mezcla de insectos y follaje flotante. Un microclima oculto al sol, señalizado con un cartel: NO PEDESTRIANS BEYOND THIS POINT. Me fijé en la cámara que le colgaba del cuello como si, en aquel momento, mi mente hubiese decidido pararse sobre algo arbitrario para no afrontar lo que, de hecho, estaba sucediendo. Recuerdo las palabras «calambre» y «cocodrilo», también las palabras «pierna» y «temblor». No sé si las dijo él, mi madre o mi hermano. Sé que yo estaba tiesa y que él seguía agitándose, como electrocutado. Noté los brazos de Nico rodearme. Mi madre se acercó con ramas a la cuenca como si pretendiese ahuyentar a las criaturas bajo la superficie, hasta que vio una cuerda de emergencia, que empezó a manejar a duras penas. Entonces yo desperté: pensé en el fémur ausente de nuestro padre, que le impedía reaccionar con rapidez en el agua.

–Oye –me dijo Nico–, es imposible que un caimán lo esté agarrando por debajo. Creo que está exagerando.

Yo intuía las caricias de otro ser, reales o imaginarias, bajo el agua, pero me quedé quieta en los brazos de Nico y miré al padre títere que chapoteaba, su cuerpo de huesos antiguos y parciales. Su piel siempre había estado cerca de la mía, pero hay un día en que se mira al padre por primera vez, un día en que los ojos son cuatro y no dos, y suele corresponder al instante en que los ojos adultos se revelan infantiles. Ridículos. Hoy, mi padre era una cabeza sin cuerpo, una calavera mojada, sin gafas y con el pelo pegado a las orejas; los huecos de sus mejillas más hondos, su color espectral, todo en él moribundo y terminal y sin embargo pequeño. Recién nacido.

Mi madre reaccionó con rapidez policíaca. Al salir del lago, con su ayuda, él se sacudía hipotérmico. A cada temblor, a cada espasmo suyo, yo me quedaba más rígida. Nico no me soltaba. Y de un minuto a otro, todavía chorreando y tembloroso, se acercó a nosotros meneando las caderas:

—«En bicho-bicho yo me convertí, un cocodrilo soy...» ¿Quién va el siguiente?

Mi madre le plantó una bofetada, un porrazo involuntario. Lo vi en su propia sorpresa. Las convulsiones terminaron de golpe. Nico y yo no supimos reaccionar, pero tampoco necesitamos confirmar lo que ya sabíamos: él no había llegado al restaurante, y quizás ni siquiera había caído por accidente, sino que desde el principio había tenido la firme intención de bañarse allí, justo en la zona prohibida. En la isla solo vestía bañador, jamás pantalón, listo el anfibio para abandonar la tierra en cuanto se presentase la ocasión.

—¿Te das cuenta de que te van a seguir? Así tú te mueras, eso no me podría dar más igual, tienes a dos niños a tu cargo: imitarán todo lo que tú hagas, y se ahogarán contigo si tú te ahogas. Ya no hay...

Pero las palabras de mi madre en nada modificaron mi percepción, que ya era otra. No puedo decir qué estaba percibiendo exactamente, pero lo percibí. Si hasta ese momento un cordel invisible me ligaba a los movimientos de él, a cada espasmo y accidente, a cada ocurrencia de su cuerpo y cada devaneo de su conciencia, y aunque el día anterior yo hubiese saltado al manglar igual que saltábamos, sin que nadie lo supiera, a otros abismos, hoy mi piel no era la suya. Mis brazos eran míos, y mis piernas, repletas de huesos, también. Sus arrugas y su soledad en nada se parecían a las mías, que no eran en absoluto arrugas. El suyo no sería, pese a todo, mi final.

Quinta parte
La despedida

After dark, the pools seem to have slipped away.
The alligator, who has five distinct calls:
friendliness, love, mating, war, and a warning—
whimpers and speaks in the throat
of the Indian Princess.

ELIZABETH BISHOP, *Florida*

I

También en los tiempos de guerra suceden cosas que no son la guerra, aunque queden fuera del relato. Se acercaba mayo, y la isla celebraba el inicio de la estación estival, como si en Key Biscayne el verano no fuese constante. Lo que se celebró, en retrospectiva, fue el fin de la primavera. Aquel verano no hubo verano.

–Me parece muy bien, Ricardo. Pero no tiene sentido que los niños vayan a fiestas de adultos continuamente.

Nuestra madre estaba apoyada sobre el mármol, mirándolo con suspicacia sostenida. Al mencionar la fiesta en casa del cónsul, no estaba claro si él nos había invitado o simplemente informado de que iría.

Horas más tarde, terminamos yendo los cuatro. Fue ella quien se puso al volante del Cadillac prestado. Mi padre se colocó en el asiento del copiloto.

–Ve detrás con los niños. No quiero tener un accidente.

Así salimos de la isla, camino a la ciudad, una madre y tres hijos. Ella insultó con suculentos adjetivos a nuestro coche pegajoso, y yo miré de reojo a mi padre mientras se recuperaba de la risotada. Sus arrugas se estiraban, pero los rastros de golpes, caídas y encontronazos se le iban acumulando en la piel. Su muñeca seguía magullada desde enero, y, como un mueble, tenía baqueteado cada recoveco del cuerpo. Su apariencia a aquellas alturas del año era dorada, carnal. Parecía un atleta resucitado de cada embate y cada fiesta. Una tortuga antediluviana. Si le habían herido el costado amarillo, resucitaba por el costado negro.

Nadie volvió a mencionar su accidente en el manglar, días atrás, ni tampoco la bofetada de mi madre, pero Nico opinó que le había recompuesto la cara, más que descomponérsela.

—Como no os calléis, damos media vuelta y nos volvemos todos a casa.

No había acritud exactamente en la voz femenina, pero, con la caballerosidad que lo poseía de vez en cuando, nuestro padre nos tocó las rodillas a ambos y nos hizo un gesto para que la obedeciéramos.

El cónsul nos había invitado a comer en dos ocasiones anteriores, pero nunca a una velada nocturna. Yo recordaba los espacios llenos de luz, la piscina interior rodeada de piedras calientes, el jardín que había dicho diseñar a partir de un cuento de Borges. En sus dimensiones se parecía a las casas de Key Biscayne, pero su mobiliario y decoración, a la vez más y menos refinados, hoy parecían propios de otro lugar. A mi padre —y a su círculo de hombres— les encanta-

176

ba repetir que el cónsul era gay; volvió a decirlo ahora, informando a mi madre, y según su tono de voz eso explicaba que colgasen en la entrada cuadros de Basquiat y dos insólitos grabados de Goya que me parecieron escenas pornográficas.

El cónsul, a diferencia de las familias que se instalaban en Key Biscayne, no se dedicaba a la publicidad ni a los clubes deportivos, sino que tenía una ocupación «supuestamente seria», lo había oído bromear. «Un pretexto para vivir aquí.» Aquel señor, que vivía al otro lado del puente, mantenía largas conversaciones telefónicas con nuestro padre sobre sus lecturas semanales. Nosotros, en el apartamento, desde el sofá y frente a la tele, lo oíamos contestarle a cuestiones sobre la vida y la muerte, sobre los hombres y sobre las mujeres, mientras nos miraba con un constante «en cuanto encuentre la excusa, le cuelgo». Pero luego nunca lo hacía. Se nos acercaba y empezaba a acariciarnos mientras seguía al teléfono con su amigo. Las mujeres en torno a nuestro padre nunca eran sus amigas, solo sus amantes. Quizás por eso el cónsul, más que una figura distante, resultaba una especie de «tío de Miami» para nosotros. A un tío no se lo conoce, pero en un tío se confía.

—Vaya —le dijo a mi madre, cuando llegamos. Miró fugazmente a mi padre, y fue obvio que no esperaba vernos: ni a ella, ni a mi hermano ni a mí. Pero cambió de máscara de inmediato. Le cogió la mano a mi madre, la besó y le dijo—: ¿Ya nos habíamos conocido en persona? Disculpa a este viejo demente. Creo que coincidimos en...

–Sí, en Madrid.

–¡Sí! –Aunque a mí me pareció que fingía, de pronto emergió una ilusión infantil de la compostura consular–. Sí, cómo olvidarlo. Es un placer verte, o volverte a ver, ¡lo que sea!

Su afabilidad era protocolaria. Es probable que el cónsul solo nos pareciese una figura fácil de leer a mi hermano y a mí, acostumbrados como estábamos a la doblez de nuestro padre. Como en él, algo vital y menguante había en el cónsul. Un brillo de cadáver adolescente. No miró a nuestra madre de modo vulgar, como lo hicieron todos los hombres aquella noche. Olía de maravilla. Y cuando nos hizo pasar, se quedó atrás con nuestro padre, a quien saludó con un abrazo de benefactor.

–Ven, *my dear*. Quiero presentarte a alguien.

El cónsul no desconocía la pugna legal entre su amigo y nuestra madre, pero era capaz de impostar por ambos idéntico interés. Lo mismo hizo con el resto de los visitantes. Cada bienvenida era íntima e impersonal: a la fiesta estaban invitadas una serie de criaturas difícilmente retratables, pero retengo malas fotografías que superan en interés a cualquier frase, a cualquier descripción. Escuché cómo algunos de los presentes llamaron a aquella ocasión el «Florida State Dinner», pero no estábamos en el consulado, sino en otro lugar al que se referían como La Segunda Embajada. Además de los expatriados europeos y españoles –los amigos de mi padre y del cónsul, cuyas cejas y chaquetas ya me eran conocidas– se presentaron otros grupos mixtos, semiadultos, parejas y conjuntos de tres que no llamaría exactamente tríos. Seres, más adelante, solitarios. Animales de compañía y humanos de compañía. Un ambiguo mayordomo personal. A lo largo de la noche, los invitados se repartieron por las estancias no acorde, sino en contra de sus naturalezas.

¿Cuándo deja uno de ser lo que es? ¿Cuándo empieza a percibirse como otra cosa? Si ahora miro aquellos espacios abarrotados, la mayoría de las personas eran latinas, pero mostraban otra ascendencia con el atuendo o con el habla, y así los latinos ya no lo eran, se convertían de pronto en norteamericanos, y los norteamericanos se tornaban, según su tema de conversación o sus manierismos adiestrados, en europeos. Todos querían ser otra cosa de la que eran y, allí, no solo era posible, sino que era fácil.

La velada empezó a animarse antes de la cena. Pero habiendo cenado, al cabo de una hora, nuestra madre recogió los abrigos del guardarropa.

—Vamos a irnos. Mañana madrugáis. Os llevaré yo al colegio y luego me iré al aeropuerto. No es lugar ni hora para vosotros, ni tampoco para mí.

Es cierto que aquel no era su hábitat natural. Y aunque nuestro padre simulase asombrarse ante los asistentes, él sí que estaba en su salsa. Académicos fuera de lugar, negociantes enigmáticos, pechos enormes, loros y perros poblaban aquella casa. Todos vestidos de gala, y de todo menos familias. Ni un solo niño de nuestra edad. Nuestra madre desentonaba: la puesta en escena de la intimidad —en eso consistía aquella fiesta— no le interesaba. La intimidad de mi padre, al contrario, era la vida pública.

—Nos vamos.

¿Dónde estaba él? Si lograba encontrarlo, me quedaría a hacer el payaso con nuestro padre, estaba segura. Bailaríamos. Me subiría a sus zapatos. Desapareceríamos, nos convertiríamos en otros. Pero de pronto un sujeto se nos acercó e impidió la marcha de mi madre, que ya nos arrastraba hacia la salida.

—¡Quietos ahí! —dijo una voz que no le correspondía al cuerpo. La mujer parecía una ventrílocua con su marioneta, que resultó ser su marido: a su lado había un señor en silla, con rigidez en las extremidades, acicalado como un enano de circo.

Si la llegada de mi madre a la isla había implicado un cambio de era, y durante casi un mes nuestra vida había pasado a ser ordenada y familiar, ahora se efectuaba un retroceso inesperado. La entrada a aquella casa —la permanencia en aquella casa— era la bienvenida a una nueva esfera, antigua y granate, pero no exactamente anterior. ¿Desde cuándo una casa contiene un mundo? Aquella noche, diseñada para espacios interiores, albergaba toda la vida nacida y por nacer en la ciudad y en el país. Pero la pregunta es otra. ¿Desde cuándo el submundo forma parte de la casa? Me quedé mirando al enano y me pregunté qué idioma hablarían entre sí, si la mujer contestaría por ambos en las conversaciones. Le sonreí. El enano me sonrió de vuelta.

—¿Es usted?—. La ventrílocua o domadora de enanos le puso la mano en el hombro a mi madre—. Escuché ayer su ponencia en el ciclo de dramaturgia, en Key West. Pero ¿quién la ha traído aquí? Mire, ven-

180

ga... ¡El cochero tiene mis llaves! ¡Le dije que me las diera! No tiene sentido eso de los cocheros, que no le dejen aparcar a una. Me pregunto si es una *estrategia* del huésped, ¡para tenernos como rehenes aun si la fiesta es un fiasco!

Mi madre sonrió, cordial. Agarró a mi hermano, encarando la salida. Pero Nico dijo:

—¿Qué es La Segunda Embajada?

La mujer se lo quedó mirando como si nunca hubiese visto a un niño hablar. Se demoró en su respuesta, adaptándose a su interlocutor, y terminó describiendo una especie de país ficticio. Escuché las palabras «Estados Unidos», «Cuba» y «España». Mencionó a españoles y a británicos por nombre y apellido. Más tarde, cuando le pedí a Nico que me lo explicara, dijo que las personas invitadas actuaban como si las colonias todavía no se hubiesen independizado.

—¿Y estos niños son suyos?

—Hemos acompañado a mi exmarido. Esperábamos que hubiese otros niños.

—Algunas *niñas* sí que hay, digamos, pero mejor quédese por aquí.

La mujer continuó dirigiéndose a mi madre como si nosotros dos hubiéramos desaparecido. Llevaba un vestido de diamantes —piedras que aparentaban diamantes— alrededor de los pechos. Parecía un hombre y quizás lo era. Se refería a su marido con chulería e intimidad de camarada, lo contrario de quien trata con cuidado excesivo a un inválido. Lo besaba y cacheteaba mientras se quejaba de él. Aquella mujer, o mejor dicho su marido, o mejor dicho su mascota, resultó ser dueña de una importante empresa eléctrica del sur de Estados Unidos, pero empezó a hablarle a mi madre sobre dramaturgos. Declaró que ella y su esposo eran «empresarios filantrópicos». «Especie muy común en estas tierras», añadió irónicamente.

—Me ocupo de la empresa, pero de formación soy periodista, ¿por qué cree que vengo a fiestas como esta? Aquí me hago con el *grand gossip*. Es uno de los negocios más rentables en Florida, ¡más que la electricidad! Aunque la electricidad es el segundo negocio más rentable. Hay que reinstalarla a cada momento.

Volvió a cachetear a su marido, que sonrió. Cuanta más violencia, más se alegraban sus ojos mudos. Otros juglares, otros distractores visitaron a mi madre a través de las horas. Se me ocurrió si no sería otra táctica más de nuestro padre; la vi, por momentos, adoptar gestos dignos de la aptitud social de él, que ella manejaba torpemente pero con decisión de alumna. Pese a su intención de irse, tal vez se había propuesto, ahora, disfrutar de aquellos intercambios, sin ver nada malo en ellos. Por una noche —parecía decirse— a nadie hiere bajar la guardia, no ser madre perseguidora sino mujer adorada, no ser grave policía sino levísimo criminal.

—¿Ricardo?

Se topó con él por casualidad. Por casualidad, digo, pero a aquellas alturas yo dudaba de las casualidades. Se encontraron como quien se choca en un baile de sillas, y como si aquel baño de multitudes hubiese difuminado los trances de los días pasados.

–Ricardo, vuelvo con los niños, ¿de acuerdo?

–De acuerdo –impostó unos morros–, pero, querida, ¿por qué no te quedas unos días más con nosotros? Mira, allí está el dueño del Palmer Inn. Voy a hablar con él.

Pese a las copas y el barullo, pese al morado y la neblina, hay cosas que no se modifican. Él seguía moviendo nuestros hilos. Cuando nuestro padre ya retomaba otra conversación grupal, ella se lo quedó mirando. Con la boca seria, los ojos un poco desubicados, considerando, supongo, aquel giro: la irrupción de una emoción en un saber, la aparición de la esperanza en la experiencia. Nuestra madre podría haber permanecido en aquella casa toda la noche, y en aquella esperanza toda la eternidad, pero no, había que irse. ¿Cuál es el peligro del umbral? ¿Qué se decide cuando no ha sido uno quien lo ha decidido? La batalla a menudo tiene apariencia de baile, sí, pero en aquella casa los roles mudaban su disfraz a cada esquina. ¿Qué permanece cuando las luces se apagan, cuando el escenario descansa, cuando las cámaras ya no enfocan? Nico y ella se marcharon. Yo insistí en quedarme en la fiesta con mi padre. Pero entonces él volvió a desaparecer.

–¿Llegaste a oír lo del hotel? Fue muy cerca de donde vives tú.

Me volví hacia la voz, desprevenida. Era Eleonora en carne y hueso. Eleonora inalterada. Y sin embargo distinta. Tras los días con mi madre, Eleonora me parecía parte de una vida anterior, por eso ahora me extrañaba su cuerpo, su aparición física y no remota, lejana como un sueño. Debí de quedarme quieta. ¿Qué hacía Eleonora en casa del cónsul?

No contesté. Algo adulto operaba en mí, una especie de autoridad invisible me mantenía lejos; sus palabras, sus enredos y sus personajes no podían tocarme. Actué como si me hubiesen prohibido verla tras nuestro último encuentro. Ella no se inmutó. Encendió su máquina de banalidades:

—He oído todo tipo de historias: me han contado que han retenido a un testigo, y adivina quién es el tal testigo, ¡la tía de Marchelle! Estaba desinfectando la piscina del hotel cuando...

Mientras ella trataba de seducirme, balanceé la cabeza. Sonreí como cuando se quiere decir no.

—¿Qué te pasa? ¿Y por qué no has contestado mis tex...

—Ha venido mi madre —dije—. Se ha estado quedando con nosotros.

Una mueca de decepción. Esperó, por si yo decía algo más. Cuando no lo hice, dio un repaso a la sala, buscando a alguien más interesante. A juzgar por su vestido y su peinado, podía ser la joven acompañante de cualquier invitado, y nadie diría que en realidad iba al colegio conmigo. Intercambiamos algunas palabras más, insignificantes, y caminó en dirección al patio. Se juntó con un adulto. Traté de ver si era su padre, otro hombre, o acaso el «fotógrafo». También a él lo recordaba como una figura de una vida pasada, ancestral. No tuve manera de saber quién era, o no quise saberlo. Había demasiadas sombras enmarañadas y eso fue lo que me permitió ignorarlo, no reconocerlo como quien era, allí presente, como uno más, en una agradable reunión de conocidos, exactamente la misma persona a la que yo trataba de negar, venida de una nebulosa en la que yo había estado inmersa hacía apenas unas semanas, en su estudio de Key Biscayne, antes de la abrupta llegada de mi madre a la isla.

Pero de pronto, mientras yo procesaba sus rasgos, sus ojos, a toda velocidad, y las mejillas de Eleonora que le sonreían, vi llegar a mi padre, que se unió a ellos. Se acercó primero a Eleonora, como si la conociera. La trató con cortesía: en su juventud, ella debió de parecerle una mujer más. Mis piernas estaban quietas, pero estoy segura de que mis ojos se deslizaban en dirección a ellos tres. Eleonora, la acompañante que era y seguiría siendo Eleonora –la hija, la madre, la mujer de alguien–, me miraba como dándome otra oportunidad para entrar en su ficción. Mejor dicho, en su realidad.

–Está preguntando por ti –dijo cuando volvimos a cruzarnos–. Y yo tengo unas fotos tuyas. ¿Lo sabías?

No supe a quién se refería, si al fotógrafo o a mi padre, que acaso me buscaba. Conseguí mantener la indiferencia y la lejanía, pero en mi escenario interior se cruzaron otras imágenes. Fui capaz de seguir negando con la cabeza, ante Eleonora. Me convencí de que una ficción es solo una ficción y no un signo, una señal. Como un bumerán, ella volvió a mí en dos ocasiones –aunque tuviese la atención de todos, ella quería la mía–, hasta que algo empezó a apresurar decisiones, movimientos. Me aproximé en busca de mi padre y atravesé otra ristra de personajes anónimos. Reconocible para mí, por suerte, el cónsul. Diré lo que vi, aunque no lo vi todo: Eleonora se quedó pegada a un hombre alargado. Era Alessandro Cagnoni, lo reconocí por los retratos que colgaban de padre e hija en la casa de Eleonora, y por los intensos ojos azules, acuáticos. Por alguna razón, él estaba allí y no en un viaje de negocios, aunque tal vez solo yo había imaginado que solía encontrarse fuera del país cuando simplemente se encontraba fuera de la casa. Como el mío. Mi padre conversaba, concentrado en lo que parecía una anécdota, con el cónsul y el resto de los amigos, colegas, desconocidos, daba igual. Parecía una conversación civilizada pero rebosante de íntima camaradería. Eleonora, que iba y venía del grupo, apareció con otra joven, supuse que una nueva «amiga», adornada con prendas incomprensibles. Ambas se deslizaban entre trajes y párpados, y Eleonora, translúcida como un pescado, parecía llevar a la otra por una correa invisible. Los hombres, según su grado de cultura o respetabilidad, fingían no prestarles demasiada atención, pero cada par de ojos impávidos escondía avidez.

II

Calculo que ocurrió dos semanas tras la vuelta de mi madre a España, dos semanas en que ella había llamado menos de lo normal y mi padre y yo la ignoramos tanto como siempre. Recuperamos nuestro cuestionable idilio. Volví a entregarme al vacío del condominio, de la piscina. Vi –todos lo vieron– que dos residencias privadas de la isla habían sido precintadas, pero nada de eso resultaba inusual.

Comencé a evitar el colegio y el mar. Mi reclusión fue voluntaria, o eso me dije. Oí a Nico llamar a nuestra madre en dos ocasiones, desde la habitación, sin intención de pasármela, y yo sin intención de escuchar. Si la hubiésemos tenido –él, la intención de pasármela, o yo, la intención de escuchar– quizás la llegada de los policías no me hubiese resultado tan sobria, tan seca.

Llamaron a la puerta unos nudillos desconocidos. Mi padre y yo estábamos postrados frente a la televisión, pero él se levantó del sofá dando un respingo. Reaccionaba así ante todo lo inesperado.

—¿Mr. Ricardo?

—*C'est moi* —respondió a los dos hombres plantados en la entrada. Con una mano se apoyó en mi cabeza, como si fuese una mesilla del hall, con aire deliberadamente distraído. Imitándolo, yo me había deslizado hacia la puerta—. Ah, ya sé por qué me buscan, caballeros. Pensaba sacar el coche de ahí ahora mismo. Íbamos ahora hacia el parking, *as a matter of fact.*

Me agarró por los hombros para dirigir nuestro paso, pero mi espalda no respondió. Estaba concentrada en los dos hombres, sus placas, sus pechos inflados. Ni contesté ni me moví lo suficientemente rápido.

—La verdad es que el cónsul, lo conocerán..., en fin, me *rogó* que dejara ahí el coche. Verán, me lo prestó porque hubo un problema con el nuestro. Además, aquel día aterrizaba el vice...

Los policías se miraron.

—No, no se trata de eso. Es en relación con otro asunto.

—Mire, aquí tienen el permiso de conducción y del coche.

Él rara vez tenía la documentación necesaria, y debí de sentirme orgullosa. Uno de los policías siameses asintió. Pero el otro negó con la cabeza.

—¿Podemos pasar?

—¿No prefieren que saque el coche de ahí primero? Estábamos por bajar a cambiarlo de plaza justo...

Algo mutó en las formas de los policías. En vez de contestar, sus cuerpos se quedaron rígidos, frontales.

—Pasen, por supuesto. ¿Quieren una copita?

Entraron en el salón. Oí la puerta de Nico, como si estuviera escuchando con la oreja pegada.

—¿Qué quieren? —al fin reaccioné—. Íbamos a salir. Nos vamos a las Bermudas todo el fin de semana.

Hablé con el tono despótico de Eleonora, como si emergiera ella de mí. Para mí las Bermudas eran solo una palabra, un concepto, más que un lugar real; semanas atrás, la había oído a ella hablar de sus fines de semana en las Bahamas y, ahora, se me ocurrió que allí íbamos nosotros. Pero confundí Bermudas con Bahamas. Los policías no me miraron con ternura. No lograron sonreír. Dejaron reverberar mi estupidez en el apartamento.

—Nos gustaría hablar con el señor Ricardo.

—Es él. Él es el padre —le dijo el segundo.

—¿Cómo que el padre?

Tardaron un momento en volver a hablar, como si estuviesen comunicándose telepáticamente.

—¿Podemos conversar con usted a solas? No se trata del coche, ya hemos visto que tiene una matrícula diplomática. ¿Podemos sentarnos, o salir a charlar a algún lugar más privado?

Lo supe: o yo me marchaba de la sala o saldrían ellos tres sin mí. En una performance de resignación, bailando con destreza entre mi versión más infantil y mi personaje adulto, puse los brazos en una posición inclinada, teatral. Me convertí en la mujer de la casa e imaginé que ellos me pedían a mí —la figura femenina, más amable y razonable— lo que necesitaban en aquel momento del señor: entré en un juego que no lo era. Les indiqué las dos butacas donde podían sentarse con el señor Ricardo, pero entonces me miraron confundidos, como si vinieran a buscar una cosa y se hubiesen topado con otra, cuando la ley se ha equivocado de criminal. O al contrario: cuando da exactamente con lo que busca. Hay decepción en el acierto.

—Me voy al cuarto.

Mientras lo dije sentí un mareo sobrevenirme. Hice lo de siempre: caminé sobre un hilo imaginario, cerré la puerta y me eché sobre la cama de mi padre. A aquellas alturas, sabía identificar perfectamente cuándo iba a suceder, aunque ignoraba qué lo causaba, y era capaz de evitar la caída tras el tambaleo. Si estábamos en la playa, me tiraba al mar y me quedaba flotando, mientras él celebraba mi capacidad de «hacer el muerto». Si me ocurría en el colegio, me recostaba sobre el pupitre helado, y eso —como el agua fresca del mar— impedía el desmayo. Si me sucedía en casa, corría a la cama de mi padre, que era una balsa enorme. Olía a tabaco y no tenía límites.

Desde la cama, con los ojos cerrados, me concentré en mantener la conciencia viva, en escuchar lo que venía de la sala, pero solo alcancé a oír las modulaciones de un diálogo. Ninguna voz se alzó. Al contrario, el tono era civilizado. La dicción de los policías, más fiable que la de mi padre; la de él se asemejaba a voz de cantaora. Una voz melódica, europea. Sus movimientos, también: podía verlos aunque me separase de ellos una pared. Si yo adoptaba sus gestos de adulto, él se apropiaba de mis tics más infantiles.

Escuché sus pasos deslizarse hacia la cocina. Imaginé que los dos hombres continuaban sentados.

Cuando presenciaba el mundo desde mi mareo sostenido —un campo de energías blando y libre de dolor— percibía los ruidos, la temperatura, pero perdía la noción del tiempo. No sé cuánto rato pasaron los policías en el apartamento. Sé que me recompuse y lo primero que me vino a la mente fue la pistola de nuestro padre: se me ocurrió buscarla en su cuarto y esconderla. Ya lo había hecho en Pascua, en cuanto nuestra madre llegó; entonces la Colt estaba guardada en un cajón de su baño, entre plásticos y afeitadoras. Ahora ya no estaba allí.

¿Quién la había movido? ¿Por qué nunca estaba la pistola en el mismo lugar? Volví a mirar: sí que estaba. Mientras recobraba el sentido del tacto y volvía a notar los contornos de mi cuerpo contra las superficies, también mi vista recuperaba nitidez. Agarré la pistola. La pistola también se agarró a mí. Me vi desde fuera: estaba casi toda yo dentro del cajón, y sentí algo nuevo en las manos: dejé de notar las esquinas y curvas de la pistola, el arma era un continuo de otro cuerpo, de otra masa. Algo había entre mis dedos y no era una pistola. El tacto era distinto. Lo contrario de frío, lo contrario de metal.

Me trasladé a la cama y traté de no hacer ruido. Evoqué sin quererlo a Eleonora, sus movimientos en la oscuridad. Mis ojos se volvieron a cerrar, o la luz se apagó. Flash.

Cuando desperté, la pistola. Recostada, había apoyado la mejilla encima, que todavía estaba fría. Progresivamente volví en mí. También regresó la conciencia, o la imaginación, de la afrenta a la que creía sometido a mi padre. Devolví la pistola al cajón del baño y la golpeé hacia atrás. Me presenté en el salón. Mi padre seguía sentado en la butaca.

—¡Vaya! —Dio un pequeño salto—. Parece que esta niña se ha quedado dormida como un ceporro. Ven aquí, estos señores ahora se marchaban.

Caminé y me agarré a su cuerpo tibio. Gemí, pero era un llanto fingido. Fingía miedo infantil ante los policías, pero seguramente lo hacía por los vaivenes de la vista y el tacto, en la habitación. Mi padre me dio palmadas en la espalda. Me colocó encima de sus piernas.

—Será mejor que de momento dejemos aquí las preguntas —se adelantó un policía—. Lo importante es que no salga de la isla. Les hemos pedido a todos que no se desplacen hasta nueva orden. Las notificaciones personales son preventivas, pero desafortunadamente le restringen grandes movimientos. Nos comunicaremos con usted, y, si para entonces no tiene un abogado que trabaje en el estado de Florida, le asignaremos uno. Pero le recomiendo que lo encuentre por su cuenta. Eso es todo. No se alarme y eche un vistazo a esto.

Le dejaron en la mesilla —porque él no lo cogió— un folleto que parecía anunciar escorts más que «abogados del condado Miami-Dade». Varios rostros de cera, engominados hasta la caricatura, presentaban sus credenciales y sus trajes a medida. Pero yo era la única que fijaba la vista en el folleto. ¿Hacia dónde miraban los policías? Uno se despedía de mi padre. El otro tenía los ojos puestos en los objetos de la casa:

192

en la cómoda donde se mezclaban anárquicamente libros académicos, mi *Quijote* sin leer y la cámara de fotos. Fui hacia la cámara, porque eso haría quien se marcha de fin de semana a las Bahamas. El policía caminó en mi dirección. Cuando vio que me daba cuenta, me sostuvo la mirada. ¿Esperaba alguna frase de mí? Me di la vuelta. Fui al cuarto de Nico. Pero Nico tenía el pestillo cerrado.

III

Ocaso en Key Biscayne, así se titula nuestra película familiar. ¿Otros personajes del ocaso? Aparte de los policías, aparte de la conversación que tuvo mi padre con su abogado español –que dijo no conocer, pero indagar a la mayor brevedad posible, despachos en nuestro entorno–, también apareció la madre Roig. No es que fueran figuras importantes durante aquellos meses, pero fueron de las últimas personas que escuché o vi, y lo último toma en estos casos un cariz onírico.

Ocaso en la isla, pues, espolvoreado de varios personajes secundarios. Ese fue otro de nuestros errores, creer que existen las figuras dispensables. Es un fallo clásico de los protagonistas. Antes de darse cuenta, y antes de despedirse, los personajes principales –los encausados– engullen su cena favorita. Actuamos igual que siempre aun cuando las circunstancias habían cambiado y eran otras, contrarias, a cuando instauramos aquel hábito.

194

No apareció la mujer que solía servir a mi padre en el restaurante cubano, como si también ella lo hubiese abandonado. Sé que, aunque no dijese nada, él rumiaba consternado tras la conversación con su abogado, que había preferido no intervenir más allá de conectarlo con colegas suyos.

Nos sentamos y pedimos lo mismo de siempre: arroz con frijoles, plátano frito, agua de coco. Como si nada sucediese en nuestro entorno, ni entre nosotros ni en ningún lugar del mundo. Durante las semanas siguientes no me aparté de su lado, pero sentí que me iba quedando sola yo también.

Eleonora Cagnoni volvió a asistir, y luego a desaparecer, del colegio. Marchelle nunca dejó de ir a clase, pero sí, un buen día, de hablarme. Llegaba al colegio con su madre. Salía del colegio con ella. No la vi relacionarse con nadie más. Nico pasaba varias noches durmiendo en casa de Antônio —su amigo brasileño de la ciudad—, bajo el pretexto de que así no llegaba tarde cada mañana al instituto.

Ahora, frente a los platos de frijoles, yo pensé que hablaríamos. Esperaba que hiciéramos planes, que me convirtiera en cómplice de su razonamiento o su disparate, daba igual qué escogiera, yo quería conocer sus próximos movimientos, pero solo masticamos, solo tragamos. Y hablamos, sí. Pero me pareció que hablábamos para no hablar. Me acarició. Estoy segura de que también lo acaricié.

Sentados en las sillas frente al mar, la atmósfera empezaba a rugir. Aquella mañana se habían anunciado vientos huracanados, y ahora se levantaron servilletas, bolsas de basura, oleadas de arena. Una bicicleta endeble, sin jinete, avanzaba autónoma hacia la orilla por el sendero de tablas. La recomendación era quedarse en casa, y la isla parecía desierta en el ocaso, pero entre las personas que hacían sus últimos desplazamientos antes de refugiarse nos pareció ver a la madre Roig, cuando volvíamos del cubano. Ella, española pero americanizada por completo, conducía con dificultades su carrito de golf. La estructura se tambaleaba. Se detuvo al vernos. Yo fingí no enterarme y continué caminando.

–¡Hey! ¿No me oíais?

No. Empezaba a oscurecer. El silbido del viento insonorizaba hasta la luz. Y mi padre y yo éramos dos personas avanzando con alegría, con impunidad, por una calle en que podían volar cosas y personas, pero nosotros mirábamos al frente, y nuestras manos ya no estaban cogidas como las de un padre y una hija, sino como las de dos condenados.

–Yo tampoco estaba segura de si erais vosotros –dijo, con la voz distorsionada por la ráfaga–. Hace semanas que no te veo, y me parece que has crecido un montón. Ya no eres la niña con la que me topé bajo un cocotero con tu padre y tu hermano haciendo de tarzanes, cuando acababais de llegar.

Me costó recordar aquella escena, como si perteneciese a una saga familiar que no era la mía. Imposible saber si su comentario tenía algún significado, pero me di cuenta de pronto: la madre Roig tampoco sabía qué decir. Cuando los adultos hablaban de lo enorme que estabas era porque no había nada sustancial que decirte. O al contrario, porque querían decir algo y no sabían cómo.

–*Speaking of which*, la niña quiere ir a la playa –inventó mi padre, sin detener su paso–. Mejor nos apresuramos para que no se haga de noche.

–¿A bañarse con semejante vendaval?

La madre Roig se bajó del carrito. Cogió sus faldas de esposa, pero habló como no hablaba cuando estaba su marido cerca, el señor Roig. Su voz no era de helio:

–Ya se ha ido tu madre, ¿verdad?

Mi padre asintió y sonrió por mí, pero la madre Roig se quedó plantada, sin moverse y sin sonreírle: ninguna percepción profunda ni ningún pensamiento largo podían darse en Key Biscayne, en aquel aire fácil y aquella humedad de seda, que se renovaba con cada nuevo ciclón, pero había suspicacias y repentinas clarividencias. Sobre todo en el rostro de ella. El de mi padre, como una red de tenis, se dedicaba más bien a rebotarlas.

–Ricardo –le dijo la madre Roig, cuando vio que yo no entablaba conversación–, quiero que lo sepas por mí, porque no tengo nada de qué esconderme. La madre de los niños vino a hablar conmigo una mañana. Luego yo me ofrecí a acompañarla para conocer a las profesoras y a otras personas más. Lo hice por una cierta afinidad que siento hacia ella, y también por el cariño que les tengo a tus hijos. Ni yo ni ninguno de los demás intervinimos por iniciativa propia.

Él alzó las cejas. Había hecho lo mismo ante los policías. La madre Roig me miró con un dolor extra-

197

ño en la cara. Tal vez había convocado la valentía para hablarnos a los dos a la vez y ahora le parecía un error de cálculo.

–Sí –dijo él–, la demanda de custodia me llegó hace unos días, si es lo que quieres saber. Pero parece que lo sabías antes que yo.

–¿Qué vas a hacer?

–¿Sabe tu marido que la ayudaste? Por cierto, él me ha puesto en contacto con Solomon & Hall. Llevarán el caso de custodia aquí, en Florida. En Madrid ya no...

–No tengo que pedirle permiso a mi marido para nada, si eso es lo que insinúas.

–No insinúo nada.

–Y mucho menos después de ese feo asunto de las fotos. También en mi casa hemos recibido ese aviso supuestamente preventivo.

–No seas estúpida. Eso es un malentendido.

Lo miré. Nunca lo había oído utilizar palabras rudas, solo aterciopeladas. Pero emitió una risa en el momento correcto. Como de costumbre, le quitó hierro al asunto con arrugas, con renovada educación. La madre Roig preparaba una respuesta, pero nosotros ya nos íbamos. Mi padre tiraba de mí y yo tiraba de él.

Los hechos a los que aludía la madre Roig cayeron como la tarde en Key Biscayne, mezclados e indistinguibles entre sí, pero no, ya no eran los que servían de tapadera y distracción. Ni los divorcios ni las custodias, ni los homicidios ni las persecuciones. Llegaron, como fichas de dominó, a varias familias de la

198

isla, a varias puertas a lo largo de junio, y a algunos hogares en Coral Gables, cerca del campus. ¿Me creerá alguien si digo que nada de aquello lo viví como un giro, como un sobresalto, sino como un episodio más? Quiero narrarlo y retorcerlo hasta que entre en una historia de piratas, de amantes y fugitivos, alejarlo de la historia que, de hecho, fue. No le pido a nadie que nos acompañe.

IV

Un día es el último día. De pronto es la última vez. Incluso lo repetitivo y lo vacuo se llenan de sentido, y tiempo después lo reconozco: no había nada automático, cada ocasión era reveladora. ¿Fue una falsa huida? Como no sabía lo que estaba viviendo, lo tuve que decidir.

En apariencia, nada nuevo había en aquella escapada. Solíamos irnos a Miami Beach cada semana, y podríamos haber puesto rumbo a cualquier otro de los lugares por los que trotamos durante aquellos meses: South Beach, Key Virginia, incluso Tampa. Había tiempo entonces. Todo lo que había era tiempo. Pero es posible que la fuga hacia delante, ahora, proviniese de saber que eso –el tiempo– era una trampa más. ¿Nosotros? Nosotros vivíamos saltando de sitio en sitio porque, así, la esfera temporal se convertía en la espacial. Quien actúa de ese modo borra la posibilidad de un fin, descarta la línea recta y dibuja una espiral.

El tiempo y el aire y el sol nos rodeaban por todos lados, sin diferencia en su textura, y tampoco había ángulos que diesen pistas sobre el norte y el sur en nuestro trayecto. Nos organizamos por la mañana, yo ensayé frente a él cómo les diría a mis profesoras que algo me dolía. Practiqué el gesto, la postura, la frase. Él corrigió mi gesto, mi postura, mi frase. Me aconsejó moderación en el fingimiento, naturalidad. Al hablarles, me pareció que realmente me dolía la tripa, tal era mi poder de sugestión. Por disciplina, por talento, un día la mentira pasa a ser verdad.

El día era hoy. En el colegio, la sensación era indistinguible de otro día de sucesos oídos y rumoreados a medias. De Eleonora, ni rastro. Pero me topé con un cuerpo alerta. Marchelle no estaba rígida exactamente, pero sí algo constreñida: debió de percibir que yo también me marchaba. Quizás lo supo antes que yo, porque me trató con una amabilidad impropia en nuestros últimos encuentros, como si ahora me estuviese diciendo adiós, aunque yo no le había dicho adiós. La sentí etérea, lejos de mí, monitorizada por la encargada de pasillo. Ambas me convertían, al mirarme, en algo misterioso para mí. ¿Las demás niñas? Por supuesto, seguían actuando con una inocencia parecida a la impunidad.

Inocente, impune, adiviné de lejos la sonrisa de mi padre. Su dentadura montada en un coche que, ahora, no me parecía el nuestro. Me recogió antes de que acabaran las clases. Si borro el contexto y el sentido, nuestros paseos eran blancos, tal vez lo único blanco que guardo. Había algo que era mentira, pero también algo que era verdad en nuestra relación, sobre todo en aquellas escenas extirpadas de causas y consecuencias, de cualquier relato excepto el nuestro, el inventado.

Escuché muchas cosas durante aquellos meses, pero fueron más las que no llegué a escuchar. No escuché, por ejemplo, cómo lidió –si llegó a hacerlo– con los nuevos abogados de Miami para el caso de custodia. Solo lo vi reaccionar a las sospechas que se desencadenaron como un goteo sobre varios hombres de Key Biscayne con nombre y apellido: a aquello respondía nuestro viaje. ¿Viaje a dónde? El verdadero fugitivo no sabe a dónde va, y éramos nosotros los criminales más sofisticados de la isla. Ni los narcotraficantes, ni los sicarios ni los evasores de impuestos que vivían allí se parecían a nosotros dos. Hay cosas que no pueden justificarse, pero todas pueden reconstruirse:

–No tiene justificación –dijo, cuando le pregunté por los policías. Se me ocurrió sacar el tema porque ya no teníamos conversación, o mejor dicho, nuestra conversación no significaba nada. Le pregunté por su rara actuación cada vez que se topaba con hombres uniformados–. Podría contarte alguna patraña, pero no tiene del todo justificación. Quiero decir, la tiene, pero no sé si la comprenderías. Cuando crezcas un poco.

«Cuando crezcas un poco» mi padre no lo decía como lo decían los demás. Por alguna razón, él sabía que no me vería crecer. Y yo lo sabía, como cualquier hijo, porque veía a mi padre saberlo.

—Tengo recuerdos traumáticos de la cárcel, eso es todo. Cuando era joven me metieron durante unos días, eran unos años muy convulsos en España. Créeme: ni quiero recordarlo ni quieres saberlo. Solo tienes que saber, sí, que de ahí viene mi miedo irracional cada vez que pasa un coche de policía, por eso me encojo como una gallina y hago el tonto. A vosotros os encanta reíros, pero yo paso un verdadero trance.

Descarté mi idea inicial: preguntarle si conocía a Alessandro Cagnoni y decirle que su hija era de mis pocas amigas en Key Biscayne. Pero ahora, de pronto, me resultaba francamente simpático aquel hombre que no era franco, pero que era mío. En aquel puente, montados en el coche, fuimos dos amigos de veinticinco o treinta, y, en ocasiones como esta, en que una gota de su pasado se presentaba ante mi imaginación, yo sentía el éxtasis y el peligro de habernos encontrado. Dos nadadores olímpicos, montados en una carretera que surcaba el mar. Me separaban de él varias invenciones, sus vidas anteriores y mis vidas futuras. Nos separaba incluso el presente. Y sin embargo allí estábamos, en el coche descapotado camino a Miami Beach, dos íntimos extraños, dos amigos desconocidos, dos amantes que solo pueden serlo si niegan el pasado y el futuro. No diré que lo comprendía. Diré que fue nuestra vida, que es la que tengo.

El puente que conectaba la isla con la ciudad estaba lleno de vidas portátiles como la nuestra, vidas de muñecas. Vidas, también, a punto de desaparecer. Dentro de cada coche había un lazo indestructible. Incluso en cada motocicleta había una historia, en aquellos autos del diablo con alas de ángel, con estelas de fuego. ¿Tan distinto era el nuestro de cada encuentro improbable y alargado en el tiempo? ¿Qué hacían todas esas personas en movimiento si no era acelerar lo que debía quedarse quieto? ¿Quién inventó aquellos trastos si no era para morir en ellos y, sobre todo, quién inventó el puente entre las islas y la península si no alguien que desea unir lo imposible, insistir en lo inaceptable, dar ejemplo de lo que no es ejemplar?

–Oye. Pon la música que quieras.

Y aceleró. Obediente, abrí el cajón y coloqué mi CD.

Tú consigues un coche veloz.
Yo consigo un billete a cualquier parte.
Tal vez hacemos un trato.
Tal vez podemos escaparnos.
Cualquier lugar es mejor.
Empezaremos de cero, nada tenemos que perder.
Tal vez construyamos algo nuevo.
No, por mi parte, nada más que declarar...

La canción no le horrorizó. Mejor dicho, le horrorizaba, pero mi canto desaforado lo empezaba a embriagar: me miró como cuando yo lo miraba a él hablarme de sus cuentos sobre la cárcel. Yo observaba un mundo que no era el mío, él uno que no era el suyo, y juntos observábamos un tercer mundo que nos era ajeno a ambos. Quedamos hipnotizados ante lo fugaz, lo elíptico que por un momento existió. Los

204

edificios de la orilla, recién pintados, parecían caerse a pedazos. La ciudad ante nosotros no era hermosa ni inmortal. Sus hombres no lo eran. Nuestra vida —nuestro amor— tampoco.

Mientras nos acercábamos al centro, yo fingía que él no me miraba, pero cantaba y bailaba para él, actuaba como si tuviese menos o más edad de la que tenía, todo para que no devolviese los ojos a la carretera y los mantuviese en mí, en mí, en mi última actuación. Desde el presente, o incluso desde el futuro, canté el estribillo.

Y nos recuerdo conduciendo en tu coche.
La velocidad.
Las luces de la ciudad. Tu brazo a mi alrededor.
Y sentí que te pertenecía.

¿Ocurrió entonces? ¿Empecé a vivir la vida con mi padre en retrospectiva? Quién sabe si empezó a suceder entonces o si fue entonces cuando me di cuenta de que había estado sucediendo: comencé a verlo todo como un recuerdo, lo veía desde el futuro, y por eso le cantaba, sin mirarlo, una y otra vez. Yo actriz, yo bailarina, yo modelo. Cuando mi función terminó, y él mismo me pidió —cosa insólita— que me pusiera el cinturón, vi que se había perdido. Paramos en Little Havana, cerca de Coral Gables, que le era un barrio familiar.

—Pero si hemos estado aquí mil veces —dije—. Es por allí.

—¿Por qué te mueves así? Si sigues bailando como

esas niñas que parecen prostitutas, pues me disculparás que me pierda, claro que me pierdo.

Fingí no haberlo oído. Me tragué sus palabras.

—¿Quieres que ponga el GPS?

—No va a servir de nada si sigues distrayéndome al conducir.

Estábamos en plena Calle Ocho, con humos y olores y un sol entornado que ya era indistinguible de las nubes. Habíamos puesto las luces de aparcar, pero una furgoneta blanca arremetía con su claxon. Ocupábamos una plaza de minusválidos. Mi padre justificó algo acerca de su pata de hierro, el conductor pareció incrédulo pero siguió circulando. Desde lejos, nos gritó algo que ya no oigo, pero que oí durante mucho tiempo.

—No te estaba distrayendo —dije. Sé que me escuchó y que fingió no escucharme. Trató de hacer funcionar el GPS. Me obedeció cuando le enseñé, con mucha paciencia, cómo escribir la dirección y cómo activarlo.

—Esto del GPS es como magia.

Lo mismo había dicho meses atrás, cuando en lugar de salir de la isla llegábamos a ella. Para mí todo era un déjà vu. Para él no. De pronto parecía recordar y luego no recordar en absoluto el funcionamiento del aparato, y tampoco algunos barrios, y miraba con ojos nuevos edificios con los que nos habíamos cruzado cientos de veces. Atravesamos dos puentes con autopistas superpuestas, rutas siempre transitadas, un puente conocido pero ahora por estrenar. Cuando lo franqueamos, vi que íbamos hacia el sur y no hacia el norte.

—¿Adónde vamos?

—Pon otra de tus canciones.

No me moví y él colocó su música clásica, sus melodías sin letra que prever, sin melodía reconocible para mí, bellas de principio a fin. Desde mi asiento de copiloto lo miré. Tenía los pelos erizados.

—Pareces un puercoespín —dije.

Era mi último intento. ¿Intento de qué? Daba igual. Acerté. Hizo un gesto imitando las uñas del puercoespín. Quitó las manos del volante. Yo me refugié desplazándome a la parte trasera del coche y volvimos a ser padre e hija, aunque solo mientras durase la sinfonía. ¿El resto? La velocidad aumentó hasta el punto en que se siente lo contrario, una inmensa lentitud sin dejar de avanzar. Estáticos por fin.

—Tu madre me preguntaba a menudo, durante estos meses, el porqué de la mudanza. Y yo me pregunto: ¿no es el fin de la vida razón suficiente para actuar sin más previsión, según el más profundo deseo?

No, tampoco llegamos al destino que él tenía en mente. Me permito imaginar que, de haber llegado, hubiéramos caminado a lo largo de las playas cogidos de la mano, sus dedos secos y calientes. Él creería llevarme de paseo por las dunas, pero quizás fui yo quien empezó a pasearlo a él, a mi puercoespín, con una cuerda. Ahora, en el coche, había dicho que pararíamos en el Blue Moon Club, pero parecía que poníamos rumbo al consulado. ¿Iba en busca de protección oficial mientras todos desaparecían de su lado? Hay una ventana de libertad —de negación— y aparece justo entonces, antes del final: yo también salté de su lado, como lo hicieron todos, pero antes de irme lo apunté con nuestra cámara. No soy portavoz de la culpa ni de la inocencia, soy cómplice y eso no se escoge. La complicidad lo escoge a uno.

EPÍLOGO

Durante varios años llegaron a mí noticias de la isla. Supuse que los hechos, si en algún momento se conectaron entre sí, se resolvieron en privado. Supe que Eleonora cambió de nombre al cabo de unos meses. Deduje que tanto Marchelle como su madre dejaron Key Biscayne. Pero las personas a quienes uno abandona lo persiguen. Hasta hace poco tiempo pensé que jamás querría volver a la isla, aunque las consideraciones generales fallan cuando se habla de la propia vida: todo lo predecible desaparece cuando se presenta lo real. Hoy deseo retroceder a Ocean Lane Drive. Deseo desandar el camino andado. Deseo volver allí donde perdí algo porque es allí, también, donde lo tuve por última vez. No quiero recuperarlo. Pero me gustaría no haberlo perdido. Su boca ya no tiene dientes. Sus manos ya no tienen zarpas. Estamos a oscuras. Nada me obliga a comprobar si abrazo al cocodrilo equivocado.

ÍNDICE